Phoebe Müller
Schlachthof der Lüste

konkursbuch VERLAG CLAUDIA GEHRKE

CIP-Kurztitelaufnahme der Deutschen Bibliothek
Schlachthof der Lüste:
Erzählungen/Phoebe Müller. - Tübingen:
konkursbuch Verlag C. Gehrke, 1993

ISBN 3-88769-071-0

Impressum

PF 1621 - 72006 Tübingen

Tel 07071/66551 - Fax 07071/63539
Satz: typografic Tübingen
Druck: Lander-Druck Bad Urach
Fotografien für Titel und Zwischenblätter: Dirk Lakomy

Für Louis

Inhaltsverzeichnis

Schattenseiten

Gestrandet wieder. An den tristen Gestaden einer stinkenden Stadt.

Ölschlieren auf trügerischem Glanz. Einen noblen, doch abgenutzten Koffer in Händen, vollgepackt mit dem Ballast meiner Jahre, einigen gut konservierten Hoffnungen, dem unnützen Tand verlorener Illusion. Einige Fetzen Vergangenheit ohne Sinn. Der Koffer wog schwer und ich verfluchte ihn. Doch trug ich ihn wacker in die Gegend der abgetakelten Hotels.

Der Regen pißte auf mich herunter, das Wasser klatschte trübe gegen die Hafenbecken. Es war wieder Zeit für einen Landgang. Meinen Dämon spazierenzuführen in diesen Gassen, die mir vertraut geworden wie ein unheilbar kranker Freund, der einen abstößt, den man aber auch nicht verlassen kann. Einer krankhaften Treue wegen. So suchte ich mir eine Herberge, die meinem Aufenthalt den Rahmen geben konnte. Eine Absteige, veraltet, verkommen, verführerisch. Im dreckigen Herzen des Hafenviertels.

Rissige Rosen an den Wänden, der Boden geprägt von den Spuren der Vorgänger. Ein lausiges Loch im Erdgeschoß, und Hunde mit Hauern, die Knochen mahlten.

Gestrandet wieder. Ausgestreckt auf dem mottigen Bett betrachtete ich meine Kostüme, die aus dem Koffer quollen und sich selbständig machten. Meine Pläne waren wohldurchdacht, meine Zeit wohlbemessen, meine Krankheit auf ihrem Höhepunkt. Ein Tag, ein Wochenende. Drei Nächte und zwei Morgengrauen. Zeit genug abzutauchen.

Beim Schnüren eines Ledermieders überkam mich Verwirrung. Es glänzte auf meiner Haut. Meine Fußzehen waren von schmerzhaftem Rot auf dem stumpfen Boden. Warum muß es so tief einschneiden, fragte ich mich. Weil es schön war, antwortete ich, weil es schmerzte und schön war. Die endlos langen Stiefel preßten meine Füße in eine markante Form. Jeder Schritt knirschte, und alles war wie es sein sollte. Die Uhr tickte noch ein wenig fort, auf der Kommode stand ein Sektkübel.Dann öffnete sich die Tür und mein Gast trat ins Zimmer, ein Bündel im Arm, eingewickelt in Zeitungspapier. Sehr spaßig. Dieser Mann, mit dem ich seit Wochen für diese Stunde an diesem Ort verabredet war. Einer, der pünktlich war und präzise, wie der Champagner und das Bündel bewiesen. Ich verachtete ihn, sobald ich ihn sah. So wirr war sein Blick, milchig und trüb. Er warf sich sogleich auf die Knie und seine rosige Zunge wanderte gierig den langen Grat meiner Stiefel entlang. Sein Bündel enthielt allerlei Stöckchen und Gerten, mit welchen ich auf ihm spielte wie auf einem Instrument. Die Töne jedoch, die ich entlockte klangen eher fade. Das Klingen der Champagnerkelche schon besser. Ich war so schön im hohen Spiegel und er so jämmerlich, wie er teilnahmslos über den Boden rutschte, um seinen Schuh zu apportieren, den ich unendliche Male gelangweilt in die Ecke warf. Eine abstrakte Szene hatte ich mir phantasiert hinter geschlossenen Lidern, in den geschlossenen Räumen meiner Heimatstadt. Ein subtiles Treffen in einem Hotel im Halbschatten. Nun war es von greller Häßlichkeit. Der smarte, schwarze Pfeil der Gerte verhöhnte das schlaffe Fleisch um seine Hüften, der sich über den Läufer schleppte wie ein Kriechtier. Ich scharrte meine Menschlichkeit zu einem kleinen Häufchen zusammen, um es ihn fressen zu lassen. Ich knotete Seile mit Raffinesse, plauderte wie eine Gräfin ländlicher Art, doch er wischte alles beiseite mit seinen stupiden Bitten und dem würdelosen Leid, das er sich teuer erkaufte.

Ich verabscheute ihn so wie die Kakerlaken, die entsetzt hinter den Wänden lauschten.

Er verließ das Zimmer, wie man einen Zahnarztstuhl verläßt, nicht ohne höflichen Abschied und einige Komplimente.

Als sich die Tür hinter ihm schloß, öffnete ich das Fenster weit. Der Rest des Abends würde Richard gehören.

Richard. Unsicheren Schrittes im engen Lackgewand durchquerte ich das chromstarrende Trendlokal. Trat eingeschüchtert in seinen Raubvogelblick, kühl, amüsiert wie stets unter blondem Haar. Der Mund hart und beherrscht. Ganz Mann von Welt reichte er mir die Karte, und wir bestellten ein exquisites kleines Mahl. Dazu roten Wein. Richard liebte die weltlichen Genüsse. – Wie geht es dir, leitete er mit verfänglichem Grinsen das Gespräch ein, was hast du gemacht? – Worte, als würfe er Fallstricke aus. Seine Hände waren schön, kräftig und gepflegt wie alles an ihm. Das Licht der Kerzen reflektierte im schlüpfrigen Leder seines Jackets. Die Reitstiefel waren derart poliert, daß sie selbst an solchem Ort nicht auffielen.

Was ich getan hatte? Von dir geträumt, wollte ich sagen und dich gehaßt. Ein verführerisches Abbild von Allem, was ich ablehnte. Während er professionell Fleisch auflegte und das sanfte Essensgeklimper um uns her mich hypnotisierte, erinnerte ich mich an die einzige Woche, die ich bei ihm verbracht hatte. In seinem Keller, seinem Verlies, wie er es nannte. Wir hatten uns zuvor auf einer einschlägigen Party kennengelernt.

Er hatte mir meine Kleider genommen, mein Geld, meinen Paß, all meine unnützen Habseligkeiten. Nackt und vertrauensselig, voll Erwartung, kauerte ich im Stroh. Einem kleinen Käfig mit Pißrinne. Meine düstersten Tagträume ans Licht zu holen, hatte er mir versprochen, mich ganz in seine Hände zu begeben, hatte er mir geheißen. So wartete ich denn auf die Zuwendungen und Worte meines Herrn, bereit ganz Tier zu sein. Ich wurde mehr als das. Ich wurde ein Nichts.

Zwei Tage lang ließ er mich in meinem Käfig vegetieren, fütterte mich mit rohem Fleisch und abgestandenem Wasser, sah zu, wie ich verdreckte, wie es nach Kot und Urin stank, der nicht richtig aus dem Verschlag abfloß. Anfangs war ich fast glücklich, frei von Verpflichtungen, geborgen in Dreck und Schande und Richards tyrannischer Gewalt. Wie eine bittere Medizin kam er dreimal am Tag. Das erste Mal, um mich zu schlagen, an die Steinwand gekettet oder über den Tisch gebogen. Das zweite Mal, um mich, immer noch angekettet, wie eine Hündin zu besteigen. Ohne mich anzusehen, ohne mich zu berühren. Das dritte Mal, meist mitten in der Nacht, um als dunkler Schatten vor meinem Käfig zu stehen, und mich mit flüsternder Stimme zu bedrohen und zu beschimpfen. Im Stroh kauernd, das Geschlecht und die Striemen brennend, hörte ich das leise Knirschen seiner wunderbaren Ledermontur. Abschließend pflegte er seinen Schwanz durch die Gitterstäbe zu stecken, um ihn von mir liebkosen zu lassen.

– Bettel drum! – zischte er stöhnend – bettel drum! –, um schließlich und endlich über mein Gesicht zu urinieren.

In seinem Geruch schlief ich ein und schlief gut. Immer noch voll Vertrauen, immer noch voll Hingabe. Er wird mich auf meinem abschüssigen Pfad führen, dachte ich naiv, ob meiner Tapferkeit wird er mich schätzen lernen. Bald würde er mir die Lust schenken, die ich mir wie besessen jede Nacht noch selbst spendete.

Es waren die Träume einer Romantikerin. Die Tage wurden nicht inniger, sie wurden härter und kälter. Derber die Schläge, unpersönlicher noch die Körperkontakte. Ich kaute auf rohem, blutigem Fleisch, erbrach mich einige Male ob der ungewohnten Kost und bat stattdessen um trockenes Brot, welches mir Richard denn auch, nicht ohne grobe Hiebe und Flüche in meine Zelle warf. Die nächtlichen Worte waren keine mysteriöse Zwiesprache zwischen Herr und Geschöpf, sondern ein einziger, haßerfüllter Monolog eines schwarzen Schattens. – Bitte faß mich an! – schrie ich einmal völlig außer mir, während er grob mein Fleisch benutzte, seinen Haß in meinen Körper stieß. Bitte! Und versuchte, seine Hand zu küssen, die schwer auf meiner Schulter lag. Ein fassungsloses Erstarren, ein Körper, der sich zurückzog, mehrere Tritte in die Eingeweide und eine unpersönliche Stimme. – Du bist nichts, als ein Stück Dreck, gerade gut genug meine Stiefel zu lecken. Danach eine Auspeitschung, die mich alles vergessen ließ, Blutschleier vor Augen und Schleim von Tränen im Rachen.

Da wußte ich es. Wußte, was jedes einfachere Gemüt, wäre es nicht so poetisch verblendet wie meines, von Anfang an gesehen hätte. Es gab nichts zwischen uns, dem stilisierten Gott und dem Tier im Verschlag. Richard war eine wandelnde one-man-show und ich ein austauschbares Stück Fleisch. Nichts verband uns, außer seinem in Leder gepreßten Haß und meine in Sklavenhaut gekleideten Illusionen, den alten.

Daraufhin wollte ich nichts, als diesen Ort meiner Verblendung verlassen. Wir diskutierten zwei Tage und zwei Nächte darüber, Richard und ich, im Dunkeln. – Natürlich bist du austauschbar, schrie er lachend, während er mich schlug, was hast du denn gedacht? Es gibt ganze Horden von willigen Kreaturen, mir zum Vergnügen. – Die ganze Auseinandersetzung kostete mich noch eine geprellte Rippe, mehrere Blutergüsse, und eine Unmenge von Erniedrigungen und Besudelungen über mein armes Haupt.

Dann ließ er mich ziehen, der schöne Richard, nicht ohne zynisches Grinsen und spöttischen Händedruck. – Beehren sie mich bald wieder, Liebste. – Den Rucksack mit meinen Habseligkeiten hatte er pedantisch und liebevoll gepackt. Nichts fehlte.

Nichts fehlte auch an diesem Abend, als wir uns gegenübersaßen, in dieser anmaßenden Lokalität. Am Rande jeder Menschlichkeit. Unsere Kiefer mahlten die feinsten Speisen, Alkoholika ersetzten anfängliche Verspannungen. Um uns her ein Reigen aus Seichtheit und Talmi, daß mir schwindelte. Richard liebte es, über seine Eroberungen und sexuellen Bravourstücke zu referieren. Es amüsierte ihn, Ekel und Skepsis auf meinem Gesicht zu sehen. Und wie stets konnte ich mich trotz aller Bemühung nicht einer gewissen Bewunderung erwehren. Für seine Kompromißlosigkeit, seine Einsamkeit, seine Kälte, die ihn so begehrenswert machte. Ich haßte ihn dafür und mich selbst, das gute Essen, den allzu roten Wein, derweil Richard über Weiber redete, die er ordentlich zugeritten hatte, über die Möglichkeit, einen dieser namenlosen Kadaver wirklich zu schlachten und ihn im Fluß verschwinden zu lassen. Plauderte wie die Leute am Nebentisch über die neueste Herbstmode.

Die ewig bemühten Kellner kamen und gingen, gossen Wein nach, löffelten lachsfarbene Soße über zartes Gemüse, während draußen die öligen Wasser der Elbe über übel zugerichtete Leiber schwappten. Die trüben Wellen kamen und gingen, ließen weiße, gefesselte Gliedmaßen sanft gegen die Kaimauer taumeln. Hin und her in einer letzten Wiege.

Richards Angebot, noch einmal mit ihm in seine Keller zu steigen, wo er mich ein letztes Mal zu bezwingen gedachte, widerstand ich mit Mühe. Flüchtete stattdessen ins nächstbeste Taxi, das mich zu meiner dritten Verabredung an diesem Abend bringen sollte, ein – Ich krieg dich irgendwann! – im Ohr.

Auf Knien dann. Im schäbigsten Pornokino des Viertels, einer Videokabine, wo es nach Pisse, Schweiß und Sperma roch. Zusammen mit einem Klienten, der seine bilderdurchzuckte Einsamkeit in der engen Kammer mit mir teilen wollte. Für reichlich Bares. Bemüht war ich, nicht die schmutzigen Wände zu berühren, während ich seinen Schwanz in der Hand hielt, und wir gemeinsam auf die Leinwand starrten.

Wir gaben ein seltsames Stilleben ab, ein stinkendes Stückchen Ewigkeit in dieser schäbigen, kleinen Zelle. Pornokloster, dachte ich bei mir und massierte das Geschlecht des verkrampften Mannes, der mit knirschenden Zähnen auf all die verzerrten Gesichter starrte, die über die Leinwand flohen, in Lust und Schmerz erniedrigt. Ein Spiegelbild abendländischer Zivilisation auf Zelluloid komprimiert. Der Mann stöhnte und wischte sich den Schweiß von der Oberlippe. Vor der verriegelten Tür Geräusche von Schritten und Stimmen gehetzter Geister. Gefühlvoller, als mir lieb war streichelte ich. Die speckige Jacke des Mannes knirschte über mir in der Dunkelheit. Einige Flüche, Verrecken! Säue geile! Abschlachten alle! spie er aus, als meine Hand grober wurde. Die Kniee taten mir weh, und ich war ein Wels, ein Tiefseewels auf dem Grund allen Morastes, mich nährend von Unrat und Dunkelheiten. Eine wilde Woge schwarzer Lust schwappte über mein Bewußtsein, das entnervende Summen der Projektoren erfüllte den Raum, und der letzte Rest des kaputten Mannes pulsierte in meiner Hand, bis sein bißchen Lebenssaft in Schlieren auf die Bildwand spritzte. Perfekt, dachte ich, so ist es recht. Dann war Frieden und wir atmeten beide ruhig und still. Unsere Skulptur löste sich auf. Er reichte mir sein Taschentuch und wir verabschiedeten uns hastig.

Ein letztes Taxi brachte mich durch die leerer werdenden Straßen, wo die Häßlichkeit sich nach und nach mehr enthüllte, eilends zurück in mein Hotel, wo mein Geliebter wartete und schlief.

Es war kühl im Raum und er hatte sich vor die Heizung gelegt. Das lange, dunkle Haar sah aus, als sei es daran festgeknotet. Fast unhörbar der Atem. Eine blasse Erscheinung, die vampiröse Sehnsüchte weckte.

Sanft weckte ich ihn, sanft zog ich ihn ins Bett, sanft löste er mir die Kleider vom Körper, und sanft taumelten unsere nackten Leiber gegeneinander.

Mein Ohr lag auf der Höhe seines Herzens. Eine kurze, atemlose Jagd im Dickicht vergessener Begierden. Die Wellen trieben Abfall, Kadaver und besudelte Filme vor sich her. Der Mann in der Lederjacke trank sein letztes Bier, die Kakerlaken liebten sich in den Rohren, und Richard auf seinem weißen Roß trieb spitze Nägel in zartes Fleisch.

Wir stöhnten einander in den Mund, unsere Füße, die sich langsam erwärmten, berühren sich unter der Decke. Lange, schwarze Haarsträhnen fielen mir übers Gesicht.

Auf dem Tisch neben dem Bett hatte er ein Messer bereitgelegt. Er war hungrig wie ich. Wir verstanden einander.

Ich machte einen kleinen Schnitt über seiner Brust und kam nach Hause. Das Blut perlte mir in den Mund, und ich lag dort, saugend, träumend und friedlich für den ganzen Rest der Nacht.

Verbotene Gärten

Eine Jägerin war sie eher, meine Kindergärtnerin, doch es war ein Garten, wo sie mich erlegte, und der Pfeil den sie abschoß, zittert heute noch zwischen meinen Schulterblättern.

Eher ein Park, als ein Garten. Der Stadtpark mit seinen weitläufigen Rasenflächen, bedeckt von Federballspielern, tollenden Hunden, ruhenden Personen auf bunten Matten, wie von lebendigem Unkraut. Allein die Schatten der Bäume boten ein Geringes an einsamer Muse, wo ich saß, im schattigen Grün, am Rande des Sees, auf dem anmutig einige Enten ihre Runden drehten.In Schwarz saß ich, trotz der Hitze. Den Schweiß ignorierend, der mir in feinen, aber hartnäckigen Kolonnen am Rücken und unter den Achseln hinabrann. Sonnenlicht flimmerte durch's Blattwerk und zeichnete zarte Muster auf meinen nackten Unterarm. Das war nach meinem Geschmack. Ein Fluidum von Weltentrücktheit, dem allzu grellen Treiben des Sommervölkchens zum Trotz, mit einem morbiden Unterton, wie der leicht angeschlagene Ton eines Cellos, der in der Sommerhitze hängt und vibriert.

– Was lesen wir denn da? – fragte eine Stimme, die auf's Frappierendste mit dem Celloklang harmonisierte. In ihrer überraschend rauhen Weichheit. – Ein wirklich idealer Ort zum Lesen – setzte die Stimme sich fort, und verkörperte sich in Gestalt einer jungen Frau, deren Schatten über die Buchseiten fiel, und zu deren Gesicht ich der Sonne wegen mit zusammengekniffenen Augen aufsehen mußte. Eine Ente schrie, einige Ballspieler lachten.

Sie war klein und schlank, mit der energisch muskulösen Ausstrahlung eines gespannten Bogens. Das Haar, in Kinnhöhe geschnitten, hatte den rostigen Ton von Kupfer. Sie könnte sich setzen, dachte ich, da sie immer noch vor mir aufragte, doch sie blieb stehen und sprach auf mich nieder, während ich mir Sorgen über meinen Gesichtsausdruck machte.

– Ich mag das, Leute die lesen, während andere in Horden einem Ball hinterherrennen, kaum daß der erste Sonnenstrahl des Jahres zu sehen ist, und wies mit übertrieben verächtlicher Geste auf das Rasentreiben. – Ja –, sagte ich, – finde ich auch –. Und war froh, etwas gesagt zu haben. Mein erstes Ja, dem unzählige andere folgen sollten.

Endlich setzte sie sich mir gegenüber, was ich weniger gerne mochte bei Fremden. Seitlich hätte sie sitzen sollen, am besten zu meiner Linken, meiner besseren Seite, dann hätten wir so nebenbei gefällig plaudern können oder gemeinsam auf die Grünanlagen starren. So frontal aber. Zuviel beunruhigendes Schillern in den Augen. Was will sie, dachte ich unwillkürlich und klappte mein Buch zu, das sie an sich riß.

– Der Pfahl im Fleische – rezitierte sie übertrieben und hob die Brauen, dunkel geschwungen. Ihr Gesicht darunter eine undefinierbare Geschichte aus blasser Haut, großem Mund, Schatten unter den Augen.

Was kann die Frau von mir wollen?, fragte ich mich wieder und zog die Knie an. Scheu war ich und angenehm verwirrt.

Ich war dreizehn Jahre alt, wie ich da saß, den Pfahl im Fleisch. Sie war dreißig, wie ich später erfuhr, auf den ersten Blick hätte ich sie jünger geschätzt, wäre da nicht ihr Blick gewesen den ich kennenlernen sollte.

Etwas später, sie hatte mich von Anfang an über ihre Absichten nicht im Unklaren gelassen, hakte sie mich unter, wenn wir spazierengingen, küßte und umarmte mich zur Begrüßung und zum Abschied, pflegte mich derb und scherzhaft zu knuffen, wenn wir wild über dies und das diskutierten. Ja, sie fing mich mit Streitgesprächen erst, mit ihrem Wissen über Bücher, Kunst und all das Mysterium, das mich heimsuchte, das mich Schwindeln machte. Sie ahnte die Liebe zur Ironie in meiner flachen Jungmädchenbrust, meinen Trotz und meine eitel gehütete Andersartigkeit, die mich von Gleichaltrigen trennte.

Sie begeisterte mich mit allem, was sie sagte und tat. Und so leicht ging ich in ihr Netz, so euphorisch und so gänzlich.

Etwas später also, als ich endlich mit verrutschtem Höschen über ihren Knieen lag und sie mir den ersten Wonneschauer meines Lebens über den Rücken jagte, mit ihren allzu geschickten Fingern, fragte ich sie plötzlich in atemloser Verwirrung, was sie denn eigentlich von Beruf sei. Sie war kurz verdutzt, unterbrach ihr Fingerspiel jedoch nicht, und meinte mit bösem Unterton – Kindergärtnerin –, was mir in

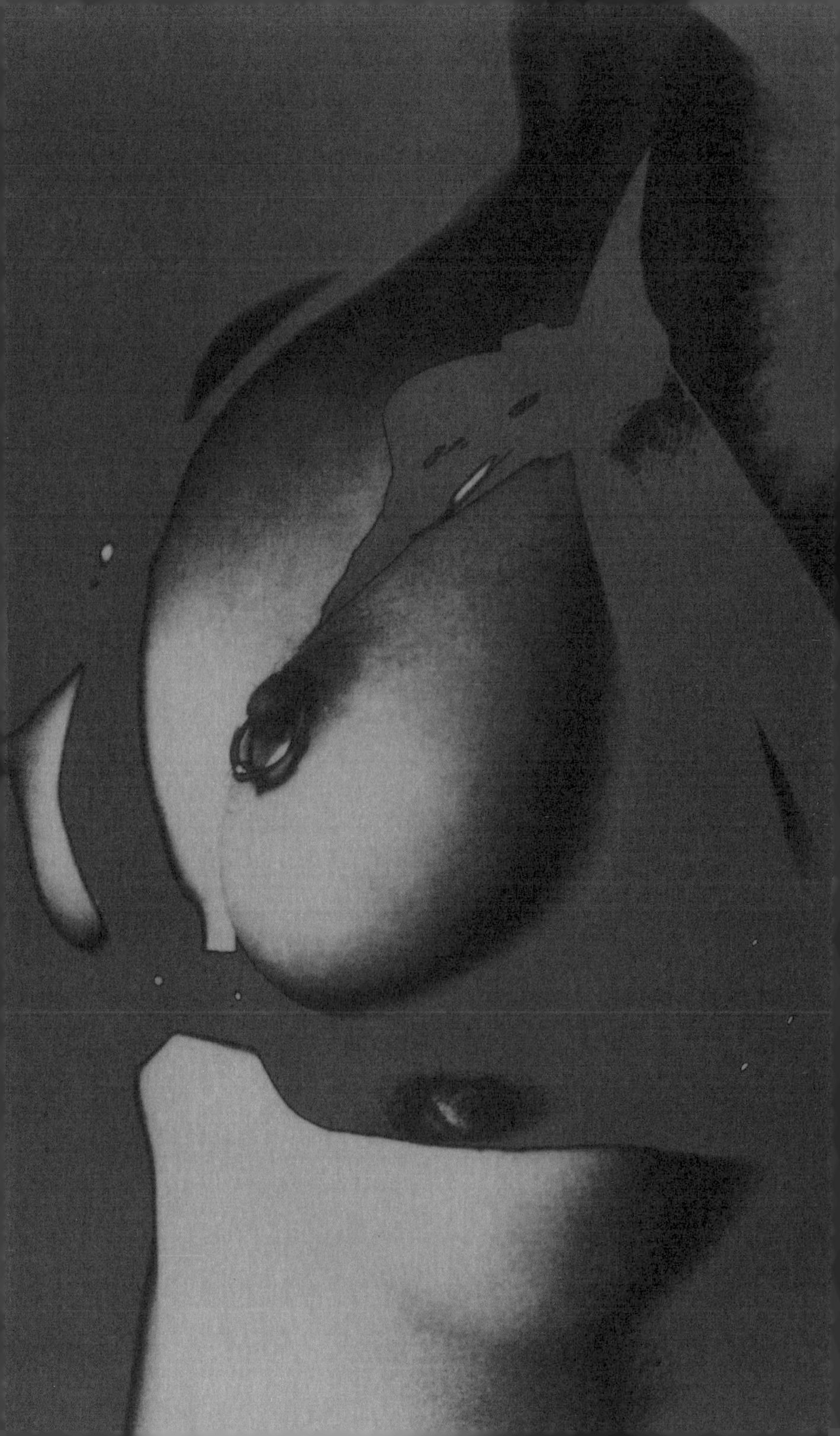

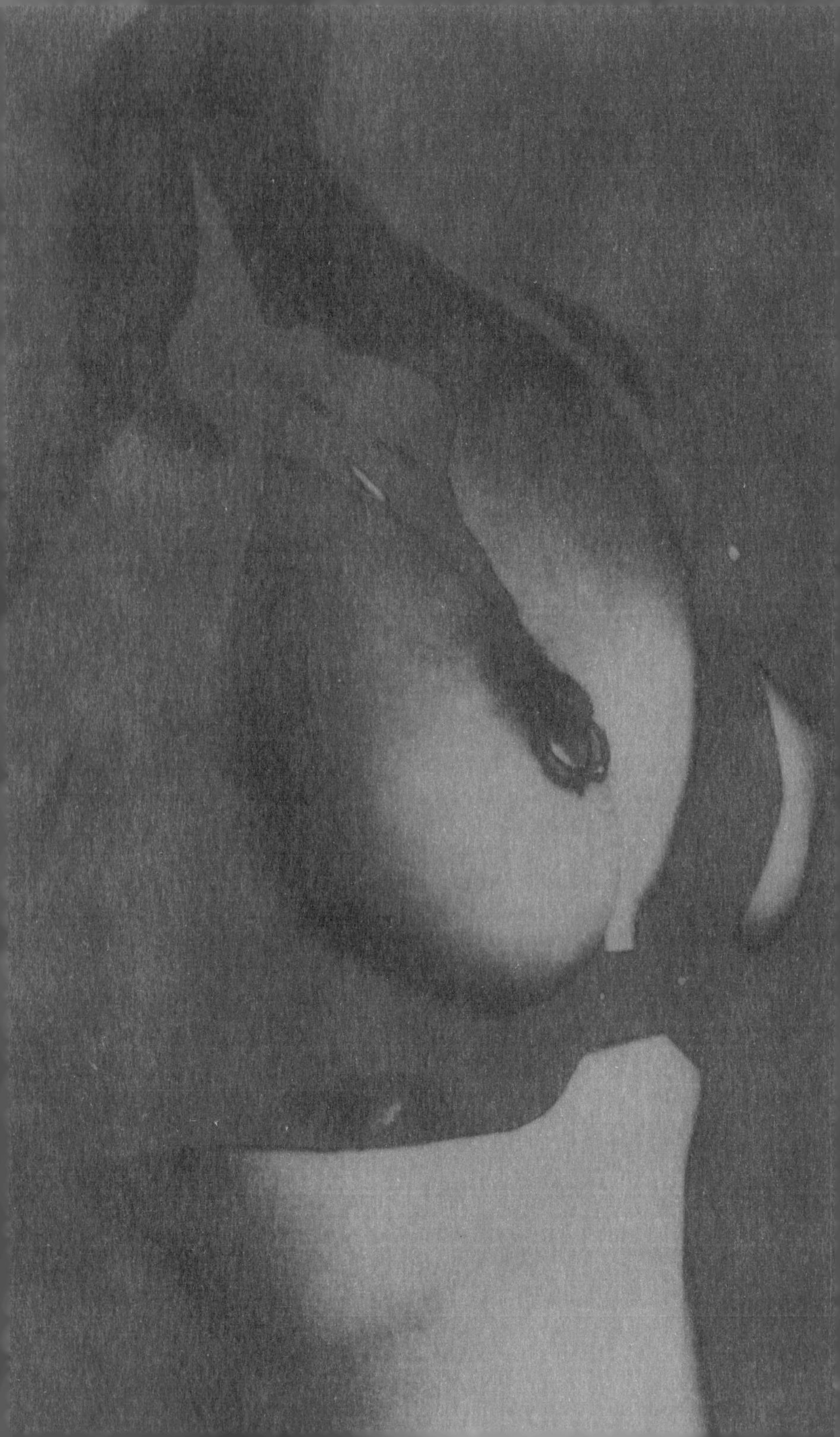

diesem Augenblick so schauerlich obszön vorkam, daß sich mein verlegenes Lachen mit dem Ende meiner Zuckungen mischte. – Eine Kindergärtnerin – wiederholte sie – für freche Kinder wie dich –. Und wischte sich roh die Hand an meinem Bauch ab.

Danach war es wie auf einer Schaukel. Höher und höher schwingt man sich hinauf, stößt die Beine in den Himmel, als wolle man die Sonne vom Firmament kicken. Höher und höher bis zu einem möglichen Überschlag. Ein Gefühl wie Achterbahnfahren riß mir den Boden unter den Füßen weg. Ich begann Frauen, die ich sah, auf die Brüste oder den Schoß zu starren. Schwindelerregende Erkenntnisse. Ich war ein dreizehnjähriges Mädchen und wußte schon alles.

Die allzu früh gefundenen Schmuddelpornos meines Vaters auf dem Schlafzimmerschrank suchten mich nicht mehr heim. Sie waren erbärmlich und lächerlich. Im Gegensatz zu den meisten Männern und Frauen, denen ich begegnete, die aus ihrer Erwachsenenwelt auf mich herabsahen, wußte ich seit Kurzem das Wesentliche.

Jedenfalls wußte ich, wie man eine erwachsene Frau gut und ausführlich befriedigt.

Sie, die aufregenderweise auch noch Marlene hieß, wie die von mir damals vergötterte Filmlegende, ließ nichts aus, und ich war bereit, ihr wohin auch immer zu folgen.

Allzu herrlich war der Anblick ihres nackten Frauenkörpers, den sie mich nach und nach erkunden ließ. Der Anblick ihres geöffneten Geschlechts, das sie mir mit einer Natürlichkeit darbot, die mich jede Scham vergessen ließ. Die Schönheit ihrer kleinen, festen Brüste, auf die ich neidisch war. Ihre spielerisch vulgäre Sprache, die mich erregte. – Mein Vötzchen – pflegte sie mich zu nennen – wie begabt du bist, wie süß –. Wir hielten uns umschlungen und sie meisterte die Verwandlung von dreizehn zu dreißig und wieder zurück in fliegendem Wechsel. Sie war die versprochene Fee der Märchentanten, die leider nur den wenigsten je erscheint. Mein Frauenmädchen, meine Liebeslehrerin, meine Spielkameradin unter der Bettdecke.

Niemals mehr sollte ich später an einem Champagnerregal vorbeigehen ohne ein Zucken in den Eingeweiden. Moet de Chandon, den sie mir serviert hatte, als sie offiziell und unter den Augen meiner nichtsahnenden Eltern meine Mathematiklehrerin geworden war, sich kurz vorgestellt hatte in adrettem Hosenanzug, der ihr Autorität verlieh und mich zum ersten Mal ihr schwindelerregendes Alter ahnen ließ. Abgründe und weiche Knie, wie wir da standen in meinem Jungmädchenzimmer, das sie grinsen ließ. Wir hatten unser Verhältnis öffentlich gemacht und verbindlich, und das feierten wir wie Flitterwöchner.

In der Badewanne ihrer Nachhilfelehrerinnenwohnung, wohin meine Eltern mich wohlwollend entließen. Wie Rotkäppchen zum bösen Wolf, scherzte ich mit ihr.

Sektkelche in der Hand, ausgelassen und angetrunken. Mein eckiger Körper von Schaum bedeckt, nackt das Geschlecht. Ein Pfläumchen, ein Nacktschneckchen, wie sie mich neckte. Doch ich fand mich schön, weil sie mich begehrte.

Schon hatte ich gelernt, wie man richtig küßt, die Zunge in den Mund schlängelt. Wie man daran saugt und an den Lippen knabbert. Stundenlang hätte ich ihren vollen, feuchten Mund küssen mögen. Und mehr noch all die anderen, verlokkenden Stellen.

Doch hatte sie dieses Mal Drastischeres vor. Sie bettete mich auf ein Handtuch vor der Wanne. Goß den Rest der Flasche über meiner Brust aus, leckte die Tropfen ab und bereitete mich zärtlich aber bestimmt vor, unter vielerlei süßen Drohungen und Versprechungen. Nässer war ich, als ich im Wasser gewesen war, und spreizte meine Beine so weit ich konnte, nicht ohne mit Stolz zu denken, daß ich wohl eine der wenigsten Dreizehnjährigen war, die mit einer Champagnerflasche entjungfert wurde. Und wie sie es tat. So umwerfend obszön und so voll Wissen, daß meine Geilheit den ersten Schock hinwegfegte und darüberhinaus.

Später lag ich in ihren Armen und leckte den blutigen Flaschenhals sauber. Glücklich, nun endlich aus den Fesseln meiner Kindheit befreit zu sein. Ich leckte noch an einigen Flaschenhälsen, leerte mit ihr gemeinsam noch so manche Flasche Wein oder Sekt, und um ihre Badewanne formierte sich langsam eine Armee aus leeren Flaschen, die mir eher witzig, als bedrohlich schien, dachte ich doch im Liebeswahn nicht an Alkoholismus oder die Abgründe meiner Liebsten. Und die waren mannigfach.

Als ich sie einmal fragte, warum sie die leeren Flaschen nicht wegbrachte, antwortete sie mit einem schnippischen Scherz.

Ihre Wohnung war ein Ort nicht von dieser Welt. An den Wänden dominierten die Porträts großer, aber verkannter Dichterinnen und Künstler, die an der Welt irre geworden waren, wie sie mir erklärte. Ihr Blick war dem meiner Marlene nicht unähnlich. Geheimnisvoll wohlklingende Namen, die ich nach und nach kennenlernen sollte. Da hing Sylvia Plath neben Virginia Woolf und Djuna Barnes neben Lautreamont. In einem versteckten Winkel stand ein alter Schreibtisch, darauf eine verstaubte Schreibmaschine. Eine getrocknete Rose auf einem vergilbten Haufen Papier. Wie eine Schaufensterdekoration. Ein immer aufgeschlagenes Buch von Lewis Caroll mit Bildnissen kleiner Mädchen.

Allzu lange wundgerieben hätte sie sich an dieser blutrünstigen Maschine erklärte sie grimmig und winkte ab. Die Bildnisse kleiner Mädchen vergangener Zeiten waren schön und beunruhigend.

Unter ihrem Bett gab es diesen Koffer mit den Spielzeugen der Liebe, und sie ließ mich mit immer neuem Enthusiasmus entdecken, wieviele Facetten das, was die Leute plump Geschlechtsverkehr nennen, haben kann.

Die Fesseln, die Gerten, die Kostüme. Ich versuchte, alles aufzunehmen und verstand doch nur Bruchteil für Bruchteil und viel zu langsam, obwohl ich mich für extrem scharfsinnig und unerträglich altklug hielt. Doch immer wieder blieb ich hängen an ihrem Mund, ihrem Haar, ihrem warmen Fleisch und vergaß alles andere.

Mythos Marlene. War eine Königin der Widersprüche und Verkleidungen.

Pretty baby, so nannte sie mich. Nach einem Film, der uns beiden großen Spaß gemacht hatte. Ließ mich in Spitzenmieder und Faltenröckchen auf dem Bett sitzen, das mit viktorianischem Weiß bezogen war. Einen riesigen Strohhut mit Bändern auf dem Kopf, die Lippen pink geschminkt, eine alte Puppe im Arm, und unter dem Rock nichts, als mein in ihrer Gegenwart immer feuchtes Geschlecht.

Sie selbst, gekleidet wie eine strenge Puffmutter, näherte sich mir nach allerlei spielerischen Dialogen, die in einer wüsten Orgie auf den bestickten Laken endeten.

Unsere kleinen Inszenierungen waren bühnenreif und sie wurde nicht müde, neue zu erfinden.

Ich begann, auch für mich allein, die laszive Lolita zu spielen, sehr zum Erstaunen meiner Eltern und Mitschüler, die mich bis dahin nur in alten Jeans und t-Shirts gekannt hatten.

Meine Eltern, erfreut über den plötzlichen Sinneswandel, unterstützten mich eifrig, und bald hatte ich eine stattliche Sammlung verspielter Röcke und Blüschen beieinander.

Daß meine Nachhilfelehrerin mir dazu passend, durchbrochene Höschen und Spitzenstrümpfe mit Strumpfbändern kaufte, noch dazu von elterlichem Geld, entging ihrem Interesse.

Pretty Baby flog in weißen Söckchen und Sandaletten über die Straße. Der baumelnde Schulranzen war nurmehr die reinste Attrappe. Die Wolken am blauen Himmel rasten, verflogen so schnell wie die Schulstunden. Mathematikaufgaben betrachtete ich mit ungewohnter Zärtlichkeit und wurde auffallend gut in diesem Fach. Ich löste Gleichungen mit unzähligen Stellen hinterm Komma wie eine Besessene, dachte dabei an Spitzenhöschen, eine unermüdliche Zunge und die rotlakkierten Zehennägel meiner Lehrerin, die von Berufs wegen kleine Kinder hütete, was mir ab und an einen Stich von Eifersucht versetzte, dachte ich an all die kleinen, rosigen Leiber, die sich ihr näherten oder sie gar umschlangen. Winzige Fußabdrücke auf feuchtem Sand. Soviel jünger, als ich, soviel ähnlicher den Traumgestalten eines Carroll. In meiner Phantasie spielte ich bösartige Szenen durch, in welchen ich eines dieser unschuldigen Geschöpfe ins Dunkle zerrte, und es zu jenen Spielen ermunterte, die ich mit Marlene spielte. Doch in ihrer Nähe, durch ihre immerwährende Leidenschaftlichkeit, zerstob jeder Zweifel.

Das Leben, die Monate zogen an mir vorbei wie rosa Zuckerwatte. Nichts konnte mich mehr schrecken. Keine Zukunft, keine Schule, kein Reglement der Erwachsenenwelt. Die ängstlichen, sexuellen Vorahnungen meiner Mitschülerinnen ließen mich grinsen, meine wenigen Freunde langweilten mich.

Ich schlafwandelte von einem Rendezvous zum nächsten und wunderte mich, daß die Entwicklung meines Körpers nicht Schritt halten konnte mit meiner seelischen, die hemmungslos voranpreschte.

Zweimal die Woche erlebte ich das Wunder des Daseins in den Armen meiner Frau. Das Wunder der Körper, in dem mir alles enthalten schien. Alles Wissen der Bücher, alle Schönheit der Kunst, alles Hoffen und Bangen. Ich haßte es lediglich, daß ich niemals die ganze Nacht mit ihr verbringen konnte. Wie gerne wäre ich in Löffelchenstellung mit ihr eingeschlafen. Die ganze, lange Nacht ihr zartes Parfüm in der Nase.

Doch wenn ich in der viel zu grell beleuchteten Straßenbahn nach Hause fuhr und die Menschen betrachtete, war ich stolz wie ein Feldherr nach einer siegreichen Schlacht. Ahnte ich doch, daß viele der langweiligen, armseligen Männer, die da saßen, einiges darum gegeben hätten, mit einer Frau wie meiner zusammenzusein. Und ich fühlte mich so alt und so verworfen, daß ich meinen Eltern nur noch einen mitleidigen Blick und ein knappes Gute Nacht zuwerfen konnte, bevor ich zu Bett ging, meinen Walkman im Dunkeln aufsetzte, unsere Lieder hörte und noch lange wachlag. Nachbebend.

Zahlreich waren die Dunkelheiten meiner Marlene. Die Legion geleerter Spirituosen setzte sich in der Küche fort, wo sich Whisky- und Ginflaschen neben dem ewig überfüllten Mülleimer stapelten und scharfe Gerüche verbreiteten. Sie war besonders frech und scharfzüngig, wenn sie an ihren Geistesgetränken, wie sie es nannte, genippt hatte. Brillant sarkastisch mit blitzenden Augen. Und auch ich fühlte mich herrlich dekadent, wenn ich von dem bisher unbekannten Stoff gekostet hatte, von dem sie mir allerdings niemals zuviel gab, was mich zornig machte und mich an meine Kindlichkeit erinnerte. Im Nachhinein wurde mir klar, wie virtuos unauffällig sie trank und in welchen Mengen. Doch ich kannte ihre Abgründe nicht. Wenn wir engumschlungen in ihrem Schlafzimmer tanzten, oft bei Rotlicht und zu sentimentalen Songs aus den fünfziger Jahren, ein wenig Gin im Blut, meine Wange an ihrem Hals, gab es nichts zu wünschen mehr. Eine leichte Verlorenheit trug und beflügelte mich, wie jene, die ich aus meinen französischen Romanen kannte. Ich war Existenzialist, Nihilist, und mehr als das, die kindliche Geliebte einer erwachsenen Frau.

Dieser Schock. Immer von neuem und immer gleich atemberaubend, wenn sie nackt vor mir im Zimmer stand. Schatten überall auf ihrer blassen Haut. Mit vibrierenden Flanken wie eine edle, weiße Stute. Mit reifen Formen und dichtem Schamhaar, in welchem rote Reflexe spielten. In nachtschwarzer Wäsche oft und hohen Schuhen, den rotgeschminkten Mund feucht vor Begehren.

Meine Frau. Wie sie sich vor mir drehte und mich verführte, manches Mal ernst und bedrohlich, dann wieder kichernd wie ein Teenager, als wären wir gleichaltrige Freundinnen, die ein schmutziges Geheimnis teilten und aus der Bettdecke ein Zelt bauten, was wir tatsächlich taten, und was sich darunter abspielte war oft fast zuviel für mein atemloses Herz.

Die Anspielungen meiner Eltern begannen sich zu häufen, meines auffälligen Gemütszustandes wegen, und weil sie die Ausschließlichkeit und die Fixierung auf meine um soviel ältere Nachhilfelehrerin äußerst ungesund fanden. Sie mutmaßten einen heimlichen Freund, doch ein Anruf Marlenes beruhigte sie, die ihnen versicherte, daß ich tatsächlich immer bei ihr war, wenn auch immer etwas länger als nötig. Und dieses etwas sollte verhängnisvoll werden.

Zu meinem vierzehnten Geburtstag machte mir Marlene ein Geschenk besonderer Art. Eine Art Initiationsszene.

In einem weißen, bodenlangen Nachthemd hatte ich mich der angelehnten Schlafzimmertür zu nähern, hinter welcher schmerzhaft bekannte Laute zu hören waren. Unterdrücktes Keuchen wie von kämpfenden Tieren.

Ein schwacher Streifen Licht fiel mir über's Gesicht, als ich die Tür zaghaft aufschob.

Was ich sah, elektrisierte mich. Sprachlos stand ich im Türrahmen. Eine verängstigte, kleine Novizin. Auf dem mir so vertrauten Bett wälzte sich keuchend ein Frauenpaar. Schweiß auf den Schenkeln, die Brüste ineinandergeschmiegt, Schamhaar auf Schamhaar. Meine Marlene und eine mir unbekannte Frau.

Sie taten, als bemerkten sie mich nicht, dabei war die ganze Szenerie malerisch drapiert und mit etlichen Kerzen gut ausgeleuchtet. Ich stand und starrte Ewigkeiten lang. Sah, wie sie sich bissen, leckten, aufeinander ritten, selbstvergessen und mich in keiner Weise beachtend, die in einem Aufruhr unterschiedlichster Begierden brannte, bevor ich mich leise zurückzog. In der Küche fand ich einen kitschigen Geburtstagskuchen mit vierzehn rosa Kerzen, die lieblich in der Dunkelheit flackerten.

Als sie später zu mir kam, die Statistin verabschiedet war, und die eigentliche Feier begann, nahm sie eine der Kerzen weg, zerdrückte sie in der Hand und sagte traurig. – Ich wünschte, du könntest immer so bleiben, wie du jetzt bist. So perfekt. –

Ich weinte ein wenig in ihrem Arm, den Kopf voll düsterer Ahnungen. Später verstand ich alles. Die Blicke der wahnsinnigen Dichterinnen, die Legion leerer Flaschen, die Trauer ihrer graublauen Augen. Die Angst, in der sie leben mußte, vor Eltern, Arbeitgebern, böswilligen Worten und Anschuldigungen. Nicht zuletzt die Angst vor der Gestalt ihrer eigenen Begierden.

Später, als sie längst weg war, hätte ich zu ihr reden wollen, wie zu einem Kind, ihre Hand haltend und sie tröstend.

Doch ich war nur eine völlig aufgelöste Alice im sexuellen Wunderland. Begierig und ohne Arg. Und sie schien so unverwundbar und prächtig in ihrer knirschenden Lederjacke oder den geschmackvollen Kostümen einer verführerischen Gouvernante.

Manchmal trafen wir uns auch in meinem fadenscheinig gewordenen Elternhaus. Um den Schein zu wahren und den Reiz zu kosten.

Wir hörten meine Mutter nebenan in der Küche rumoren, während ich meine Hand zwischen ihren Beinen hatte oder sie versonnen an meinen Brustwarzen spielte. Es kam vor, daß mein Vater ihr das Geld für die Stunden persönlich gab, und ich kicherte bei dem Gedanken, daß er mir eine Frau bezahlte. Vielleicht war es Marlenes Blick, der stets etwas verächtlich auf allem ruhte, was sich bewegte, außer auf mir, vielleicht ihr kesser Gang, ihr trotziger Mund. Meine Eltern wurden direkter in ihren Anspielungen. Daß diese Frau doch wohl etwas seltsam sei, meinten sie, daß sie verschroben wirke. Ob sie denn eigentlich einen Freund oder Mann habe, wollten sie wissen und was der Gemeinplätze mehr sind. Ich stellte mich dumm und taub, knirschte aber innerlich mit den Zähnen.

Als ich soweit war, nahm mich Marlene mit auf einen Ausflug in die Großstadt. Zu den wilden Frauen, wie sie lästerte, das müßte ich endlich einmal gesehen haben. Ich hatte Ferien und nichts vor, und Marlene die besondere Gabe der Überzeugungskraft, die sogar meine überrumpelten Eltern einwickelte und ihnen einen gemeinsamen Ausflug mit mir plausibel machte. Städterundfahrten, Museen besichtigen und so weiter, ich war ja so kunstinteressiert, wie meine Mutter bestätigte.

Mit Marlene an der Hand betrat ich meine erste Lesbenbar. Ich trat mit ihr an die Bar und bekam ein Colabier. Zum ersten Mal sah ich die kräftigen Frauen mit dem Stoppelhaarschnitt und den schweren Stiefeln, die mackerhafter als jeder Kerl am Tresen lehnten, ich sah die androgynen Schönen mit den Gelhaarschnitten, dezent geschminkt, den Blick nach innen gewandt oder über's Glas hinweg in unbekannte Fernen.

Viele waren laut und roh, manche weicher und verspielt, einige küßten sich leidenschaftlich und rieben die Hüften aneinander oder tanzten selbstvergessen zur stampfenden Musik. Andere standen schwarz und in Leder in der Ecke.

Einige sahen aus wie Männer und einige ganz unscheinbar. Doch nicht eine war so schön und verführerisch wie meine Frau, die mich im Arm hielt.

Alles schien mir so exotisch und furchteinflößend, daß mein erster Gang zur Toilette war, wo ich mich einschloß und einige Zeit zitternd verharrte. Marlene kam mir nach, ich ließ sie ein und sie küßte und streichelte mich lange bevor wir zurück an die Bar gingen, ein Heer spöttischer Blicke und Bemerkungen im Nacken.

Meine mutige Gefährtin, an diesem Abend auch in Leder und hochhackigen Stiefeln, bestellte uns mit lässiger Stimme zwei Gin–Tonic, welche die Barfrau mürrisch mixte, mit skeptischem Blick auf mich in meiner Kleinmädchenaufmachung.

– Eigentlich ist hier kein Kindergarten – meinte sie gehässig und knallte die Gläser hin.

– Ich sehe hier auch keine Kinder –, konterte meine Liebste kühl und steckte mir vor aller Augen die Zunge in den Mund, und das war etwas, was sie bis zur Perfektion konnte.

Schweigen um uns und der Kitzel eines Skandalfilms.

–Treiben's wir Frauen neuerdings auch mit Babys–geiferte eine der Kurzgeschorenen mit abgewandtem Blick und zündete sich überheblich eine Zigarette an. Ich spürte, wie mich Schamesröte überzog, als Marlene mich so hastig losließ, daß ich beinahe hintenüberfiel. Doch was ich sah, entschädigte mich für alles. Noch ehe die burschikose Frau die Zigarette zum Mund führen konnte, hatte Marlene ausgeholt und ihr die Faust auf die Nase gesetzt, daß ihr das Blut nur so über's Gesicht lief. Sie war zwei Köpfe größer als Marlene, aber sie gab keinen Ton mehr von sich, außer einem Röcheln, bevor sie, nach Haltung ringend, in Richtung Toiletten taumelte. Meine Heldin kam lächelnd zu mir zurück, als sei nichts gewesen. Ihre Fingerknöchel waren blutig und sie zitterte ein wenig. Ich begriff, daß sie derlei Szenen schon öfter erlebt haben mußte, und ich bewunderte sie grenzenlos.

Trotz der empörten Stimmung um uns, tranken wir stoisch aus, bevor wir uns aus der Lokalität entfernten, das verlangte der Stolz. Mißbilligendes Getuschel begleitete unseren Abgang. Draußen und einige Meter weiter, konnten wir uns vor Lachen nicht mehr halten. Wir kauften uns Würstchen an einer Bude und aßen auf einer Bank.

In einer etwas plüschigeren Bar mit etwas älterem Publikum, wurden wir netter aufgenommen. Ich erkannte schnell, daß Marlene dort zu den Stammgästen gehörte, sodaß ich auf ihrem Schoß sitzen konnte und wir nur wohlwollende Blicke ernteten. Ältere Herren mit blutjungen Knaben lächelten uns zu, und in einem Taumel von neuen Eindrücken und Seligkeit betrank ich mich sinnlos und mußte von Marlene fast zum Hotel zurückgetragen werden, wo ich unsere erste, gemeinsame Nacht tief schlafend verbrachte, doch kosteten wir das große Doppelbett die folgenden Tage bis zur Neige aus. Ich sah kein einziges Museum von innen, ich kaufte lediglich einige Städteführer und machte die Bekanntschaft einiger älterer Frauen, die junge Mädchen liebten und die hemmungslos mit mir flirteten, was mich entzückte. Ich begann die Dinge zu durchschauen und fühlte mich so befreit und eins mit mir, wie niemals zuvor.

Wieder zu Hause, innerlich erwacht, und bereit es mit Allem und Jedem aufzunehmen, machte ich den Fehler, auf einige spitze Bemerkungen meiner neugierigen Eltern mit trotziger Wahrheit zu antworten. Nein, schrie ich aufgebracht, meine Lehrerin hätte keinen Freund, sie schliefe mit Frauen, und ich würde das in Zukunft auch so halten. Es entsponn sich ein Streit, der an Heftigkeit und Häßlichkeit nichts zu wünschen übrigließ. Jede ertragene Demütigung, jeden alten Groll spie ich heraus, bis meinem entsetzten Vater die Nerven durchgingen. Er gab mir eine heftige Ohrfeige, die mich an den Heizkörper klatschte, wo mein Kopf aufprallte und ich mehr oder minder bewußtlos liegenblieb, bevor ich zu schluchzen und zu schreien begann. – Ich will Marlene sprechen, schrie ich immer wieder, ich will sofort Marlene sprechen! –

Endlich wurde mir der Hörer gereicht und ich hörte ihre beruhigende Stimme.– Ganz ruhig, flüsterte sie, sei ganz ruhig, es wird schon wieder, laß mich nur machen – obgleich ich Angst zwischen ihren Sätzen spürte. Echte Angst, die mich erschütterte.

– Es tut mir leid, heulte ich, es war so dumm von mir – und konnte mich einfach nicht mehr beruhigen. Willenlos ließ ich mich zu Bett bringen und lauschte den wirren Fetzen eines Telefongesprächs zwischen meinem Vater und meiner Geliebten im Nebenzimmer, in welchem immer wieder die Phrasen – zur Rechenschaft ziehen, Anzeige machen, Perversion –, fielen, die mich bis in den Schlaf verfolgten.

Mein Kopf pochte und schmerzte und ich wußte, daß eine Grenze zuviel überschritten worden war.

Am nächsten Tag schlief ich nur. Ein Arzt kam, meine Mutter kam mehrmals an mein Bett. Zu telefonieren erlaubten sie mir nicht, und ich war zu schwach und zu verwirrt, um etwas zu unternehmen.

Am darauffolgenden Tag war sie schon weg.

Mein Vater kam herein und reichte mir nicht ohne Selbstgefälligkeit einen großen, weichen Briefumschlag, der nachts zuvor eingeworfen worden war. Er enthielt ein zusammengefaltetes Stück Papier und einen schwarzen Seidenslip. Das war typisch für sie.

Ein hübscheres Briefpapier hätte sie ruhig nehmen können, dachte ich noch, als ich den Zettel entfaltete, der mit einigen, hastigen Sätzen ihrer wunderbaren Handschrift beschrieben war.

Der einzige Brief den ich je von ihr erhalten hatte. Sie hätte ihren Job gekündigt, schrieb sie, während ich den Slip in der Hand knüllte, einen erneuten Skandal, dies wäre, wie ich mir wohl denken könnte, nicht der erste Zwischenfall dieser Art, könne sie sich nicht leisten. Mein Vater würde von weiteren Schritten absehen, wenn sie mich künftig in Ruhe ließe, sie würde daher die Stadt verlassen, ganz klassisch, und vorerst zu einer Freundin ziehen in eine Stadt, wo es eine Art Kommune gäbe, in welcher Frauen mit kleinen Mädchen lebten. Vielleicht wäre das eine Möglichkeit für sie. Sie sei sehr verzweifelt, schrieb sie, doch ich solle mich nicht unterkriegen lassen, auf keinen Fall. Sie würde mich nie vergessen und sie liebe mich.

Dann nichts mehr, keine Adresse, kein Hoffnungsschimmer, kein Foto. Ich besaß nicht ein einziges Foto von ihr.

Ich besaß einen schwarzen Seidenslip, den ich niemals wusch. Mit meinen Eltern sprach ich nie mehr darüber, das Thema Mathematiknachhilfe war ein großes Tabu. Ansonsten waren sie wie Fremde für mich. Ich verlebte eine äußerst öde Pubertät. Alles langweilte mich. Meine ersten gleichaltrigen Liebhaber und Liebhaberinnen waren über die Maßen stümperhaft.

Während einer Klassenfahrt nach Berlin machte ich die Adresse jener geheimnisvollen Kommune ausfindig und ging zwei volle Stunden auf der Straße vor dem heruntergekommenen Gebäude auf und ab, wagte jedoch nicht einzutreten.

Das eiserne Tor zu einem wunderbaren Garten knallte vor meiner Nase zu und ich setzte mich auf den Boden und weinte.

Ich war sechzehn damals und nicht mehr perfekt.

Als ich mich Jahre später in einer Bar unvermittelt in einem Spiegel wahrnahm, die Haare rot gefärbt, in einer alten, abgeschabten Lederjacke, erschrak ich zu Tode.

Slaughterhouse Blues

Das Blut in den Adern todgeweihter Tiere rauscht. Es rauschte das Wasser in den Adern der Kanalisation. Ein fernes, unterirdisches Röhren. Dreckiges Himmelswasser floß durch die Rinnsteine, sammelte sich in den Vertiefungen des Pflasters, prasselte in den dreckigen Hof, durch welchen ich mein Mädchen an einem Kälberstrick zu unserer Verabredung führte. Die mit Spitzen besetzte, weiße Kittelschürze, die sie über dem bloßen Hintern trug, war ein anrührend altmodisches Modell. Wir durchquerten den Vorhof, passierten veraltete Schlachthausgebäude. Aus verborgenen Luken quoll heißer Dampf, der sich mit dem Regendunst mischte. Verzweifeltes Muhen begleitete unseren Gang.

– Zum Meister – herrschte ich den verwirrt dreinblickenden Burschen an, der mit roten Backen im Torrahmen stand, hinter ihm Neon und verschmierte Kacheln. – Zum Schlachtermeister, wir haben einen Termin! – meinte ich dann geschäftlicher, einen Termin –.

– Ach, ich verstehe, hier lang –. Der schlaksige, thumbe Thor wies uns den Weg, nicht ohne einen fassungslosen Blick auf deine Aufmachung. Nackte, rosige Schenkel, nackte, regennasse Füße, dein heißes, verwirrendes Gesicht. – Hier lang, hier lang – mit einem Male wurde er ganz lebendig und gestikulierte mit einem beilartigen Schneideinstrument, um die Richtung anzuzeigen. Wir folgten, und ich zerrte dich an dem rauhen Strick hinterher. Dein Sträuben schien mir die reinste Koketterie. Hier lang! Hier lang! Durch Gittergänge, hinter denen Mastvieh vegetierte und auf die Hinrichtung wartete. Vor Entsetzen starr. Kein Wiederkäuen, kein Rascheln im spärlichen Stroh, nur der nasse Blick aus den langwimprigen Augen eines Kälbchens. Die nasse, rosa Schnauze zuckte, Schleimfäden tropften ihm vom Maul und es wedelte kurz mit einem Ohr, als wir vorbeigingen. Ein kurzes Wimmern deinerseits, als hartes, stacheliges Stroh sich in deine bloßen Fußsohlen bohrte. Ein unwirsches Zerren meinerseits. Weiter geleitete uns der Bote mit dem fettigen Messer, weiter durch die Kühlräume, wo über unseren Köpfen

Schweinehälften von Eisenbügeln hingen. Lachsrosa glänzende, bläulich schimmernde klaffende Kadaver, lieblich aufgereiht wie Ballettröckchen. Ein Geruch von kaltem Fleisch, frischem Fett und roher Gewalt. Vom halbierten Schenkel hing zierlich der Huf und streifte uns beinah den Scheitel. Es rollten die Fließbänder, die elektrischen Sägen zischten. Knochengesplitter. Die Augen meines Mädchens wurden feucht, und nicht nur die, so wagte ich zu hoffen, bei all der Fleischeslust um uns herum. Geschäftige Arbeiter mit verschwitztem Gesicht und stumpfem Blick hielten in ihrer Arbeit inne, um dich zu betrachten, mein liebliches Schlachtvieh, das ich seiner Bestimmung zuführte. Sahen's, konnten's nicht glauben und tranchierten stumpfsinnig weiter.

Die Todeszelle, hinter der ein schriller Chor panischer Schweine tobte, wurde uns erspart, wir hörten nur den Bolzen knallen, und wie die Körper schwer zu Boden fielen.

Endlich hatten wir das Gebäude alles Irdischen durchquert und standen unserem Gastgeber gegenüber. Dem Schlächter in Person, der sogleich den Laufburschen mit unwilliger Handbewegung entließ und grinsend auf uns zukam, nicht ohne sich vorher die Hände an seiner fleckigen Schürze zu wischen. – Ah, da sind ja die Fräuleins – drückte er mir ungeschickt die Hand und deutete eine kleine Verbeugung an – ich habe sie schon erwartet – Dich betrachtete er mit dem fleischgeprüften Blick des Kenners, am liebsten hätte er wohl ins Bauchfleisch gekniffen, um dessen Konsistenz zu prüfen, doch er ließ es aus Höflichkeit sein. An seiner Konsistenz war jedoch kein Zweifel, er war massig und stiernackig, dabei untersetzt. Rotgesichtig und schwitzend wie ein Choleriker. Er war perfekt. Seine Mimik ließ nur zwei Ausdrücke zu. Duckmäuserisches Blinzeln und feistes Grinsen, von welchen er den letzteren bevorzugte. Die ganze Sache war längst abgemacht, nun standen wir vor der Herausforderung der Tat. Meinem armen Opfertier zitterten die Flanken und ihr Blick schien entrückt, als er sich an einem Fleischerhaken festsaugte, an dessen spitzem Ende eine zarte Fleischfaser hing.

– Wir gehen am besten in den Hinterhof – schlug der Schlächter vor – dort sind wir wohl am ungestörtesten – grinste breit und öffnete eine kleine Brettertür, die erstaunlicherweise ins Freie führte. Auf einen runden Innenhof, vollgestellt mit Gerümpel, alten Eisenkäfigen, undefinierbaren Hackinstrumenten, rostigen Badewannen, überquellend von Nebenprodukten der Schlächterei. Die Luft hier war gesättigt von Regen und Blutdunst.

Es nieselte, und der Himmel hing schwer und träge über den grauen Gebäuden. In einem Winkel des Hofes stand ein Bänkchen. Diesem näherten wir uns. – Hier dürfte es wohl am günstigsten sein – befand er mit einem tückischen Blick in die Runde – und wenn schon, s' sind alles harmlose Burschen. – Ich setzte mich in meinem Regenmantel auf die feuchte Bank und sah ihn erwartungsvoll an. Das Mädchen stand unschlüssig und hilflos da mit dem Kälberstrick um den zarten Hals, dessen Ende nun nicht mehr in meiner Hand lag, sondern lose zu Boden baumelte. Durch die Eisentore drang dumpfes Muhen.

– Und Sie meinen, wir können hier tatsächlich mit ihr..., ich hab' sowas noch nicht gemacht, müssen Sie wissen – Doch, doch – strahlte ich ihn an – es ist alles in Ordnung, nur keine Hemmungen. –

– Na, denn! – geiferte er und rieb sich tatsächlich die plumpen Hände, umrundete dich gierig und wußte nicht so recht, wo anfangen. Ich begann, mich zu amüsieren. Ein höchst anzügliches – Bitte sehr – aus deinem reizenden Mund ließ ihn dann doch Mut fassen. Ungeschickt öffnete er deine Schürzenknöpfe und holte deine Brüste hervor, um sie derb zu kneten. Der Nieselregen perlte zart über dein weißes Fleisch. Schon war kein Halten mehr in dem schnaufenden Manne. – Knien soll sie! – schnaubte er. Ich nickte dir zu und brav ging mein Mädchen auf alle Viere, die Stirn auf meine Knie gelegt. So spürte ich, daß sie zitterte oder kicherte oder beides. Er, der Schlachtermeister, schob ebenfalls zitternd deine Schürze über den Hintern. Seine haarige, fleischige Pranke verschwand zwischen deinen Pobacken, befingerte stöhnend dein Fellchen und zog sie dann befriedigt wieder zurück, um sie an der Schürze abzuwischen.

– Die ist soweit – stammelte er – die ist soweit – schob die Schürze schlicht beiseite und holte mit einer ungestümen Bewegung sein mächtiges, ebenfalls fleischiges Gerät aus dem Hosenlatz, das glänzend gen Himmel wies. Die letzten Zentimeter näherte er sich auf Knien und hielt seinen Schwanz an deine Öffnung, mit der gleichen Geste, mit der er wohl den Bolzen an die Schläfen des armen Viehs legte. Ich sog die feuchte Luft ein und starrte, wie er nun mit beiden Händen dein zartes Becken packte, deine schmalen Hüften umklammerte und ihn ächzend reinrammte. Deine Lenden vibrierten, hielten aber tapfer stand. Deine Hände und Füße suchten Halt auf dem nassen, sandigen Boden, während seine Stöße dich vorwärts schoben. Der Strick hing nutzlos in einer Pfütze und sog Feuchtigkeit. Ein Schmatzen wurde hörbar, ein Rhythmus, dazu das brünstige Schnaufen des Schlächters und ein vieldeutiges Wimmern aus der Kehle meines Mädchens. Vor und zurück rammte er sein massiges Geschlecht in deine zukkende Spalte und ich sah das Blut tropfen und dachte bei mir, Welch schönes Zusammentreffen von Natur und Situation!, sah den rotglänzenden Schaft sich vor und zurückschieben wie eine gutgeölte Maschine. Der Alte schnaufte mittlerweile wie ein Eber, seine Wurstfinger gruben sich in dein Fleisch, die Schweißtropfen auf seiner Stirn mehrten sich und auch dir klebten schon einzelne Haarsträhnen an den Schläfen. Dein Kopf preßte sich in meinen Schoß, als der Meister noch an Stoßkraft zulegte und dich unwiderruflich nach vorne rammte. Ich schob meinen Daumen in deinen Mund und spürte an deinem hingebungsvollen Saugen, daß dir wohl war, was mich schmerzhaft erregte. In den schmutzigen Pfützen sah ich eure rosige Spiegelung, in einem der Fenster taumelte die theatralische Silhouette eines Rinderkadavers. Die Wolken sahen aus, als wollten sie vom Himmel tropfen. Schwer und voll wie die Hoden des Schlächters, die sich im Takt bewegten.

Er keuchte, als würde er verenden oder als wolle er dir das Rückgrat brechen. – Ah, diese kleine Sau – röchelte er, packte dich mit einer Hand im Genick und fiel mit einem obszönen Röcheln über deinen Rücken, während er dein beanspruchtes Geschlecht bis über den Rand hinaus füllte. Blut und weißer Saft bildeten eine kleine Lache zwischen deinen zitternden Schenkeln.

– Habt ihr auch Fohlen geschlachtet, habt ihr auch Fohlen geschlachtet? – stöhntest du, eher originell gegen meinen Schoß, während er sich von dir löste, nicht ohne zufrieden den besudelten Hintern zu tätscheln. Er wischte sich seinen trie-

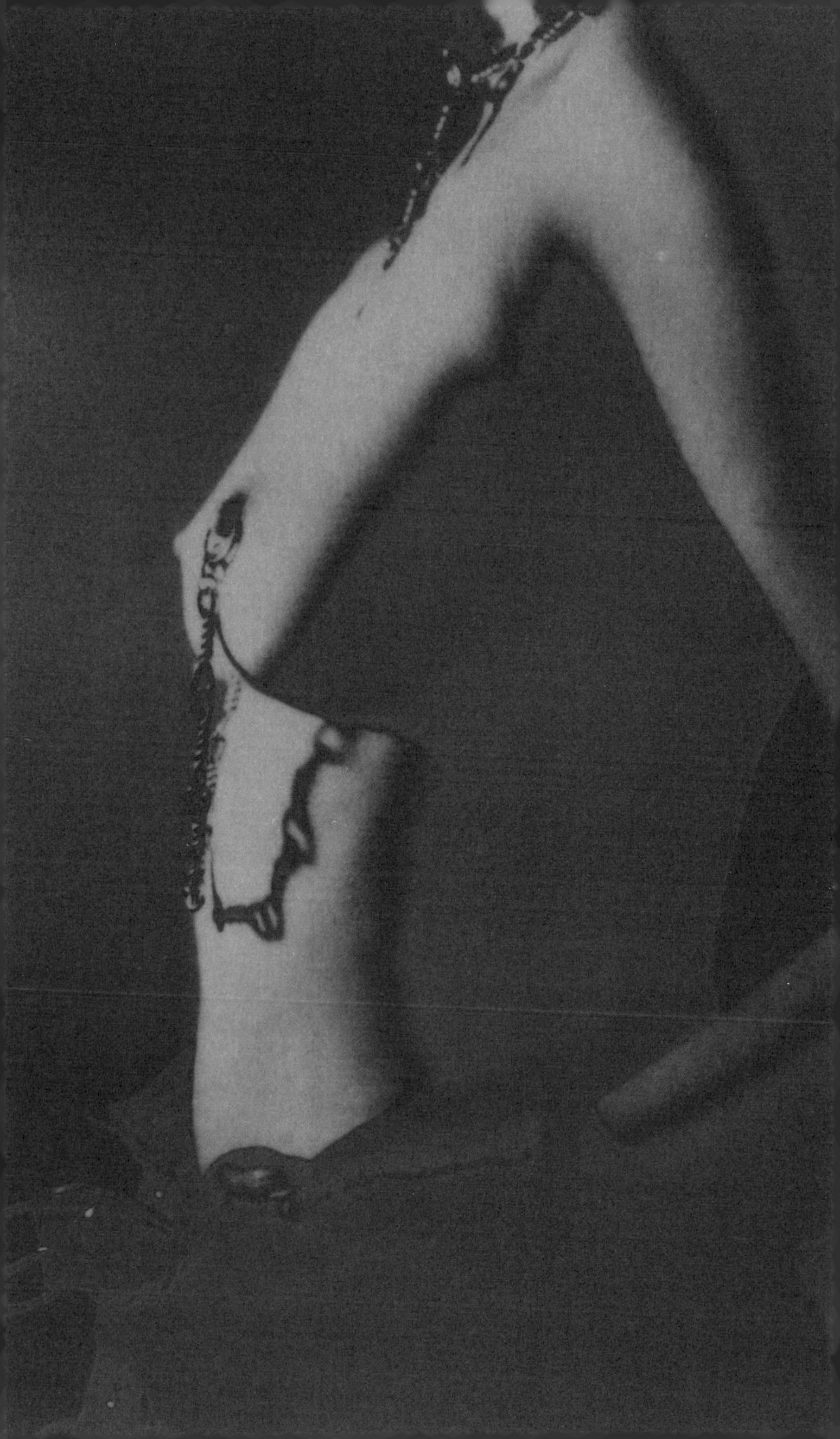

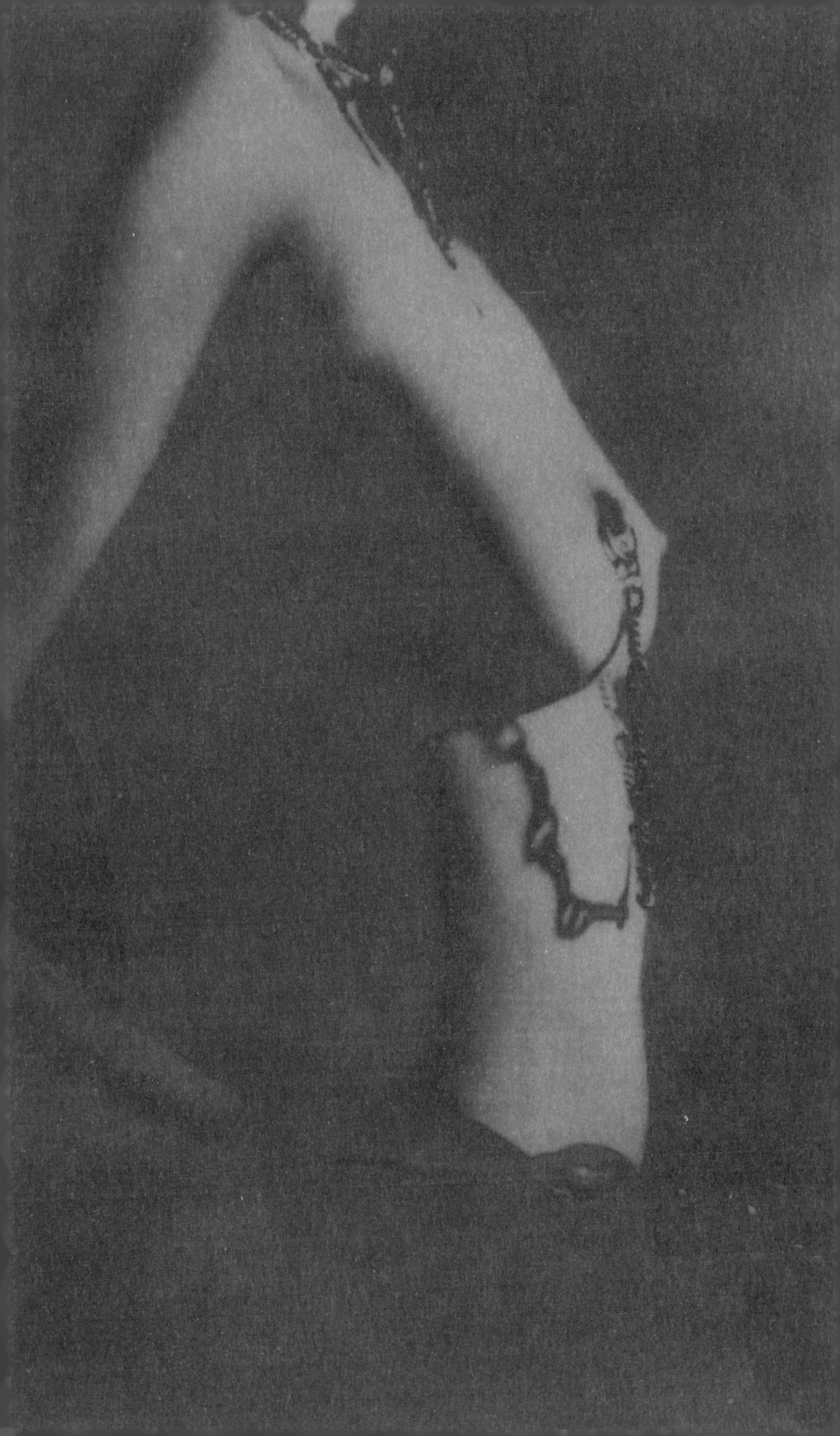

fenden Schwanz nachlässig an der Schürze ab, wischte dir ebenfalls väterlich durchs Schamhaar, was nicht viel nützte. In einem geöffneten Hoftor standen zwei Schlachterjungs wie paralysiert. – Ab mit euch, ihr Gesindel! – schrie der Alte und stand schwerfällig auf.

– Schlachtet mich, schlachtet mich! – schrie ihnen mein mutiges, kleines Mädchen zu und vergrub die Hände in ihrem Schritt, während sie sich wild auf den Rücken rollte. Das allein reichte, um die beiden in die Flucht zu schlagen. Ich bewunderte sie sehr und meine Vorfreude steigerte sich ins Unermeßliche. – Elende Memmen – grinste der Schlachtermeister und wurde plötzlich geschäftig. Er schleppte Klappstühle herbei, einen klapprigen Tisch und verschwand für einige Augenblicke in einem der Gebäude, was ich dazu benutzte, versonnen dein heißes Geschlecht zu liebkosen.

Nichts hätte ich lieber getan, als meine Lippen auf deine nassen zu pressen, allein, da kam er schon wieder, um uns ein deftiges Mahl aus Wurst, Semmeln und Speck zu bereiten.

Wir ließen drei Bierdosen zischen und stießen an auf die Fleischeslust. – Auf unser kleines Schlachttierchen! – und er kniff dich zärtlich in die Brust. Wir bissen in unsere dick belegten Stullen, ungeachtet des Regens, ungeachtet der Szenerie. Zwischendurch spielte der Schlächter versonnen an deiner Möse, gerade so, als begänne er sich zu verlieben. Ich war gerührt. Drinnen gingen die farblosen, schlaksigen Jungs ihrem blutigen Handwerk nach und der Altmeister gab schlüpfrige Anekdoten zum besten. Daß zum Beispiel die meisten Lehrbuben bei den ersten Tötungen derart aufgeregt seien, daß sie sich vorher an den Kälbchen vergriffen oder mitten im dampfenden Kadaverdunst zwanghaft unter ihren Kitteln zu wichsen begännen, was er ihnen natürlich auf's Strengste verbiete, aber, was soll man machen? Und Prost! Wir lauschten ergriffen, wir alten Vegetarier, meine eigene Begierde wurde unerträglich, ich hielt deine Hand und biß tapfer in meine Wurst. Dann bestellten wir ein Taxi und tranken noch eins. Es war wunderbar. Unser Fleischermeister, dessen Hand kaum mehr von deinem Schritt zu trennen war, stand schließlich auf, legte sich mit grober Gebärde die Eier zurecht und überreichte uns als Abschiedsgeschenk einen gigantischen Schinken. Er hätte auch noch gutes Hirn da, oder

Zunge, was immer die Damen wünschten. Wir lehnten dankend ab und nahmen den Schinken. Da stand er im Regen, als wir das Taxi bestiegen, die schmuddlige, blutige Schürze wieder vor dem gewaltigen Bauch. Das Grinsen feist, die Fleischerhand winkend. Wir winkten zurück. Im Wagen breitete sich ein eigentümlicher Geruch aus, als wir einstiegen. Dann fuhren wir still über nasses Pflaster und der Regen prasselte auf's Dach.

Hotel Hell

der Stadt Hamburg &
ihren Tiefen gewidmet

Die Hölle. Wenn es sie gäbe, dann würde sie wohl so aussehen, dachte ich beim Eintreten in das Zimmer. Doch war es mehr ein Fallen oder Gesogenwerden. Der plüschige Teppich verschluckte jeden Laut. Du stelltest meine Tasche auf einen der klapprigen Samtsessel, blicktest in die Runde und sagtest, das ist es. Kleinlaut, wohl wissend, daß die Sache ihren Haken hatte, denn ein wahrer Platzregen von Tristesse & Endzeitstimmung ging auf mich nieder, kaum daß ich mich in die Mitte des Raumes bewegt hatte, worauf augenblicklich eine Art trübsinniger Lähmung folgte, die mich jeden Gedanken an Flucht oder Widerstand vergessen ließ.

So schnell kann das gehen. Betroffen sah ich mich um und nickte. Ja, das war es. Die Wände, mit einem zerschlissenen, scharlachroten Brokat überzogen, schienen Schweiß auszudünsten, die wenigen Möbel aus billigem Plastik imitierten Barock. Obschon draußen noch Tag war, schien hier drinnen Dämmerung zu herrschen. Als ich ans Fenster trat und die speckigen Vorhänge etwas beiseite schob, sah ich warum. Mein Blick traf auf eine rußige Betonwand, die sich vor dem Fenster in die Höhe schob und jegliche Aussicht verbannte. In der Tiefe ein mit Müll und grauem Pflanzenschlier bedecktes, winziges Hofviereck. Von Maschendraht umzäunt. Mülltonnen, Fahrradskelette, zwischen denen einige magere Tauben pickten, durch deren Gefieder zartrosa die Haut schimmerte. Nach oben hin nur Wände, Fassaden, vergitterte Fensterluken, alles Licht verschlingend. Beugte ich mich allerdings weit genug aus dem Fenster und legte den Kopf in den Nacken, gelang es, einen Fetzen Himmel zu erhaschen. In unendlicher Höhe und jämmerlich zerstückelt. Rasch zog ich mich zurück, ließ die Vorhänge zufallen und knipste versuchsweise das Licht an. Erst kränklich flackernd, dann aufflammend, versetzte es uns ins Innere eines brackigen Aquariums. Ein milchiger Schein zwischen gelb und grün, ursprünglich hatte es wohl rot sein sollen, überzog Inventar und unsere Gesichter wie eine schleichende Krankheit. Schwach ließ ich mich auf das Bett fallen, welches sich als widerlich weich erwies und mich heimtückisch aufzusaugen schien. Erschrocken kam ich wieder auf die Beine. Irgendwo hinter mir spürte ich deinen Blick, war dein Körper, eingeschlossen mit mir, atmend und lebendig in dieser morbiden Falle. Das ist es also, wiederholte ich und wandte mich dir zu, ich habe selten ein widerlicheres Zimmer gesehen. Es ist wunderbar. Du grinstest und begannst in einigen Magazinen zu blättern. Der Blick ins Badezimmer, denn darauf hatte ich wie stets außerordentlichen Wert gelegt, übertraf meine letzten Erwartungen. Nicht allein, daß es ebenso groß, wenn nicht größer, als das Zimmer war, herrschte hier ein Licht, daß einem übel werden konnte. War der Dämmer um das Bett wenigstens noch ein Schatten von Rot, so war er hier von einem abgründigen Schwefelgelb, das die beigen Kacheln umwaberte und grindig aussehen ließ. Das Ganze wirkte unecht und aufgebläht, die endlose Weite der Fliesen bis hin zur nackten Toilettenschüssel und dem unabwendbaren Bidet. Ein zweihandbreiter Sehschlitz nach draußen. Auf rußigen Beton. Von brüchiger Spitze verhüllt. Vor der Badewanne, die scharf nach Desinfektionsmittel roch, lag ein abgetretener Frotteeläufer in der Farbe des Bettüberwurfs. Der Wasserhahn tropfte und Übelkeit stieg in mir hoch, als ich das Waschbecken und die Rohre betrachtete.

Bilder aus Todeszellen & Schlachthöfen passierten mein Inneres, als ich mich wieder aufs Bett flüchtete und an die mit Pappmachéstuck verkleidete Decke starrte. Du lagst neben mir. Schweigend. Der Raum sprach für sich, indem Wasserrohre durch die Wände gurgelten, im Nebenzimmer eine Schranktür klapperte und die Neonröhren summten. Schläfrig meinte ich den uns einhüllenden Brokat sich nach innen wölben zu sehen gleich einer feindseligen Geschwulst. Seufzend schloß ich die Augen, mir war kalt, ich mußte an all das Ungeziefer denken, das vielleicht hinter den speckigen Wänden nistete. Hoffnungsloses Kriechtier, das sich seinen Weg durch morsches Mauerwerk bahnte. Ich dachte an all die tristen, mitternächtlichen Kopulationen, die dieses Zimmer schon in sich aufgesogen hatte, und deren Dunst, deren Nachhall es als Schleier aus ungreifbarer Betrübnis auf die Nachfolgenden legte. Das Bett, die übliche Kitschkonstruktion aus Messing, war ein Schafott, ein Gefängnis, das abwartete. All meine Energie wurde aus mir gesogen und meine Gedanken hingen dem tristen Schimmer der Badezimmerfliesen nach, dem Tropfen des Wasserhahns, dem staubigen Morast des Teppichs. Draußen wurde es langsam dunkel und hier drinnen verrann lautlos die Zeit. Ohne, daß etwas geschah, ohne daß etwas möglich wurde, ohne Auflehnung gegen die trostlose Allgewalt der Dinge und Gegebenheiten.

– Wolltest du nicht ein Bad nehmen? – vernahm ich als plötzlichen Schreck deine Stimme. Doch, ich wollte, was konnte mir noch geschehen, und jede Veränderung der Situation wäre ein Segen.

Ja, sagte ich und ging mir Wasser einlassen, wobei ich den Schlier aus Kalk und Rost betrachtete, der sich durch die ganze Länge der blaßgelben Wanne zog, selbst das Wasser sprudelte grüngelb aus dem Hahn, und was sich auf den ersten Blick als leidlich sauberes Fliesenwerk dargestellt hatte, entpuppte sich bei genauerem Hinsehen als von Staubkrusten überzogen, doch das störte mich nicht mehr. Opfern & vergessen, einen Weg aus der Dumpfheit finden, war das Einzige, was mich noch antrieb. So stieg ich todesmutig ins Wasser und tauchte meinen müden Körper in die eher traurige Brühe. Wartete und ließ mir Wasser über die Schulterblätter rinnen. Als du endlich kamst, machte ich dich auf all die silbernen Haken und Handtuchstangen an den Wänden aufmerksam. Wieder dachte ich an Schlachthäuser, an angeschirrte Tiere, an letzte Hingabe und genügsames Verharren. Ich zitterte. Im öligen Spiegel des Seifenwassers sah ich meine jüngst verwundete Brust, sah den Stahlring blitzen, der sich durch die linke Brustwarze bog. Melancholisch blickte ich auf das Spiegelbild meines schmerzhaften Schmuckes und fragte es, in was für Tiefen, was für Verwirrungen uns dieser Wahn noch führen möge. War dieser kleine, silberne Ring nicht nur ein Pakt mit mir selbst oder dir, der du vor der Wanne kauertest, sondern mit meinem ganz privaten Dämon, der mich seit Jahren vorantrieb und weitertreiben würde.

Wohin? sprach ich ins milchige, nun halb erkaltete Wasser, in dieses von Dreck und bedrückenden Bildern gedunsene Zimmer, in diese von Resignation erfüllte Lethargie? Allein dein von stiller Trauer zu ungeduldiger Gier sich verändernder Blick riß mich aus überflüssiger Kontemplation. Du machtest mir Zeichen, daß du auf mein Kommen wartetest, so erhob ich mich triefend, auf Rettung hoffend. Durch das Plätschern des Wassers hörte ich deine Stimme, die mich lockte, während du betrachtetest, wie mir die Rinnsale über die Beine liefen und die Knöchel hinab, als ich dir nachfolgte, eine feuchte Spur hinterlassend auf dem abgründigen Teppich. Willenlos wie ein Tier ließ ich mich aufs Bett ziehen, und willenlos wie ein Tier ließ ich mich besteigen. Naß und wund wie ich war, auf dem stumpfen Satin dieses unseligen Bettes, im rotgelben Licht dieses Alptraumzimmers. Die ersehnten Schläge kamen gut und gezielt. Bald spürte ich das vertraute Brennen auf dem Rücken, im Genick, auf dem Hintern und den Schenkeln.

Spürte, wie die Lähmung mich verließ, die Lust sich Bahn brach und fühlte diesen ewigen Schrei nach mehr in der Kehle aufsteigen. Ich wollte meinen Tribut an das Zimmer entrichten, ich stellte mir vor, auf immer hier eingeschlossen zu sein, um auf rußige Betonwände zu starren. Das Grauen flatterte. Ich wollte soviel und soviel mehr. Als würde eine Tür einen Spalt weit geöffnet, um wieder zuzufallen. Die Tür öffnete sich ein wenig, und schwang wieder zu, öffnete sich wieder, doch schon begann es zu zucken und zu pulsieren. Ein kurzer Schrei, ein Stöhnen, und es endete wie ein jäher Traum, mein nasses Gesicht auf dem Laken, als wäre es ein Leichentuch.

Zerschlagen und unfähig mich zu bewegen, aber immer noch nicht tief genug gesunken. Der Zauber verebbte an der Oberfläche und die Trübsal höhnte.

Der Abend ließ uns später zu getrennten Verabredungen eilen. Als die Tür hinter dir ins Schloß fiel, war es wie das Ende der Welt. Meine Zigarette glühte in der Dunkelheit und ich war ganz allein. Allein in der Hölle nun, mit den unaussprechlichen Bildern, dem Pochen in den Schläfen und den vergangenen Geschehnissen, die schwer im Raum hingen. Es gelang mir schließlich, mich ins Bad zu schleppen, die Zeit drängte. Im Neon vor dem Spiegel sah ich mein Gesicht. Es wirkte alt, krank und lächerlich vergeblich.

Die Unterwäsche aus schwarzer Spitze hing wie Trauerflor an mir herunter, die Haut gezeichnet von blaßroten Wundmalen und getrockneter Lust. Nach unzureichender und panischer Toilette hastete ich durch die unheilschwangeren Gänge des Hauses. Im Polster eines Taxis fuhr ich wie in Zeitlupe durch den Regen, verbrachte die Nacht in wirrem Taumel aus Gesichtern und Gesprächsfetzen.

Der kühle Griff des Glases war mir wirklicher, als jede menschliche Gesellschaft. Ich dachte an das Zimmer, ich nahm die Geräusche von Autoreifen auf dem nassen Pflaster wahr, durch die fremden Straßen fand ich schwerlich meinen Weg, da roter Brokat mir wie Scheuklappen um die Augen flatterte, und ich redete mir ein, daß ich das Zimmer besiegen, es bis zur Neige erkunden und mich darin verlieren müsse, personifizierte es doch all das, was in meinen düstersten Winkeln lauerte. Dieses Zimmer in mir, das ich in eben dieser Hafenstadt verkörpert gefunden hatte. Ängste, Kälte & Tod.

Die Nacht vertrieb sich selbst. Gegen Morgen fand ich meinen Weg nach Hause, um das Zimmer noch verlassen zu finden. Nikotindunst hing noch in der Luft. Schnell streifte ich mir die Kleider ab und kroch ohne Licht zu machen unter die Decken. Schwer und klamm wie sie waren, drohten sie mich zu ersticken. Ich begann die Sekunden zu zählen, als endlich der Schlüssel sich im Schloß drehte und ich dich ins Zimmer treten hörte, ebenfalls im Dunkeln. Das Schweigen war bleiern. Es drohte zu bersten, doch dann fanden sich wieder – Tier zu Tier – unsere Körper unter der Decke. Vorsichtig, tastend, und das Zimmer hielt den Atem an, wartete oder lauerte.

Das Zwielicht kroch bereits durch die Vorhänge, als du mir die Handgelenke über den Kopf an die Bettstange fesseltest. Schwer sank dein Knie auf meine Brust, preßte den Atem in harten Stößen aus meinen Lungen, während deine Hand mir den Kopf am Haar nach hinten zog. Speichel tropfte mir ins Gesicht und ich öffnete den Mund, um ihn aufzufangen. Dankbar. Spreizte die Beine bis zur äußersten Möglichkeit der Sehnen und bäumte mich dem grauen Dunkel und dem Gewicht deines Körpers, der schwer und still auf mir lastete, entgegen. Dann hörte ich ein Wimmern. Mein eigenes. Ich hörte mich bitten, Unmögliches verlangen, immer wieder bitten. Es war eisig im Raum, heiß die Haut, der Puls pochte zwischen Erstarren & Erlösung. Ob das äußerste Grauen, das sich um dieses Bett versammelt hatte eine Grenze hätte, wollte ich sehen, Schwindel und Leere fiedelten über die Nervenenden. Das Bett sog mich ein wie ein weiches Maul, bald schon, so dachte ich panisch, würde das zähe Moor aus Decken über mir zusammenschlagen. Ich fiel in die Leere meiner Angst und Müdigkeit, als ich deine Stimme vernahm, die Beschimpfungen ausspie, die mich Fuß fassen ließen in der Scham. Gemeine und brutale Namen voller Verachtung prasselten auf mich nieder und ich hörte sie an. Dankbar. Inwendig befreit zerrte ich gegen die Handschellen an, die mir ins Fleisch schnitten. Ich hörte das Klatschen von Haut, als deine Faust gegen meine Bauchdecke schlug, mein Kopf gegen die Messingstäbe taumelte.

Die Schultergelenke knirschten, als würden sie aus den Gelenken gedreht. Dann das tröstliche Aufeinandertreffen von Geschlecht auf Geschlecht, Hand und Geschlecht, Mund und Nässe. Ein unmerklicher, fast verbotener Kuß. Der Atem füllte das Zimmer, wo die stummen Möbel sich wie Phantome im ersten Licht abzuzeichnen begannen, ebenso wie die Körper an Kontur gewannen. Der Grat der Schulterblätter, der Heiligenschein aus Haar. Ich hörte das Rauschen des Blutes und nahm das heiße Anschwellen der Haut wahr. Ich fühlte die süße Zartheit deiner Haut als einzige Realität, das Wunder ihrer Lebendigkeit. Das Zimmer blieb zurück in seiner leblosen Häßlichkeit, einzig ich stieg hinab, das heißt, du öffnetest mir Tür und Tor, hinab stieg ich und hinauf, tiefer und höher, als ich für möglich gehalten hatte, ich überholte dich, wollte schreien, ich will dein Tier sein, nur dein Tier, aber es kam kein Laut, einzig das Geräusch des ersten Treibens auf der Straße drang in mein Bewußtsein, vermischte sich mit deinem Stöhnen, das mich überschüttete. Dann endete es in einem Fall, einem Schauder, einem Schmerz, und der Tod blickte der Lust nachsichtig über die Schulter, als unumgänglicher Begleiter derselben, doch wieder verzichtete ich auf sein Kommen, winkte ihm nur wehmütig zu mit meinen tauben und wunden Händen, während der bodenständige Mensch in mir schon wieder Fuß gefaßt hatte und nach etwas zu trinken verlangte. Allein, es war bereits zu spät für derlei Dinge, denn, soweit durch den roten Samt sichtbar, es war nun heller Tag und unser Zug würde bald fahren. Das Zimmer war einfach ein Zimmer, ein ehemaliges Bordell eben, wie du mir zuvor erklärt hattest, und die Hölle wieder für einige Zeit geschlossen. Ich hörte dich im Badezimmer rumoren, hörte, wie Urin ins Becken plätscherte und hegte liebevolle Gedanken.

Die Tür hatte sich auch dieses Mal wieder geöffnet, die kargen Räume davor waren fürs Erste vergessen. Doch für wie lange? so blickte ich fragend auf meinen Silberring, dessen blutverkrustete Wundränder mir schroff, wen kümmert's! zuzuraunen schienen, und recht hatten sie.

Mein nächtlicher Begleiter in die Unterwelt, mein Komplice, die Zukunft sah vielversprechend aus, auch wenn nun jeder Knochen einzeln schmerzte, als ich das Fenster öffnete, um auf die schmutzigen Wände zu blicken. Abschied nehmend. Das Licht hatte sich fast nicht geändert, doch ein winziger, flimmernder Fleck blauen Himmels hoch über mir verhieß einen Sonnentag.

Überstürzt verließen wir das Hotel, nicht ohne einigen Halbweltlern, die mit ihren Bullterriern noch immer im Rotlicht an der Bar saßen, freundlich zuzunicken.

Die Hitze traf uns wie ein Schock, sie brannte auf das Leder der hastig übergeworfenen Jacke und auf der Haut, die vor Übermüdung spannte wie Pergament. Mit halbgeschlossenen, brennenden Augen blickte ich um mich. Einzige Gewißheit war deine Hand in meiner. Eilig hielten wir das erste Taxi an, und der Fahrer, der uns entgegennickte, grinste. Wie der Satan.

Der Engel zieht vorbei

„Nun, hör dir meine Geschichte an.“ Ich wandte mich an den Burschen neben mir, dessen jungenhaftes Profil im Dunkeln feucht glänzte, und dessen Hände auf eindeutigste Art an meinem Hosenlatz spielten. Da ich damit gerechnet hatte, machte ich nicht viel Aufsehen, setzte mich nur bequemer hin und begann zu erzählen. Eigentlich war es völlig gleich, ob er zuhörte oder nicht. Seine Hände waren inzwischen fündig geworden, ich entspannte mich, zündete mir eine Zigarette an und sprach in Richtung Docks, wo die Schatten der Arbeiter hin und her eilten, als seien sie Illustrationen zu meinem Stück.

„Ich bin rein“, fing ich an, „wenn du verstehst, was ich meine.“ Er streichelte. „Ich bin so rein, daß ich kotzen könnte, rein wie ein gebürsteter, weißer Dinneranzug. Meine Muskeln sind reines Blendwerk. Ich habe die Gestalt eines halbwüchsigen Matrosen und das Herz eines kleinen Mädchens. Darum fühle ich mich auch so wohl in diesen Kellneranzügen, dann bin ich im Niemandsland der Uniform, ein Prinz, jemand, der kein Geschlecht kennt. Alle diese auf Deck und in den Sälen herumeilenden, hellen, transparenten Gestalten. Mein Himmel!“

Wie es mich wieder dorthin zog, in dieses weißleinene Niemandsland. Hier, auf diesem schmierigen Grasstreifen, der mir mit Sicherheit die Hose ruinieren würde, rostige Schiffsteile um uns herum und allerhand Kisten und Gerätschaften, die auf Weiterfahrt harrten. Drunten kratzten die Männer den Bauch eines Schiffes sauber, schrien sich barsche Befehle zu, zogen an Tauen und Ketten, und hier dieser Bursche, der aus einem dieser Schiffsbäuche an Land gekommen war, um mit mir zu sitzen bis zum nächsten Morgen, lehnte jetzt schwer an meiner Schulter, bewegte fast unmerklich die Hand, atmete gegen meinen Hals, unverständliche Worte fremder Sprachen murmelnd, die er auf seinen Reisen aufgeschnappt hatte. Das Geräusch von Wasser, das gegen Kaimauern schwappt. In stetigem Rhythmus. „Du mußt dir das vorstellen", fuhr ich in meiner schleppenden Erzählung fort, „da saß ich herum, jahrein, jahraus, wie die Prinzessin auf der Erbse, stahl mich so durchs Leben mit wechselnden Jobs, wechselnden Bekanntschaften. Das Leben spulte sich vor mir ab wie eine Garnrolle, mal weiß, mal schwarz. Mehr schwarz, weil ich es so wollte, denn abgesehen von all dem sinnlosen, profanen Kram hütete ich eine Erinnerung, die mich wie ein Vampir auszehrte. Die Erinnerung an meine erste, wirkliche Leidenschaft, welche mittlerweile allerdings so weit zurückliegt, daß ich ihren Wert nicht mehr klar ermessen kann. Oft zweifle ich daran, sie überhaupt erlebt zu haben. Egal, diese meine ferne Romanze wurde der Maßstab aller Dinge für mich, und natürlich konnte nichts ihr je gleichen.

Die ganze Zeit über schrieb ich heimlich, schrieb Geschichten und Romane, wenn ich verliebt war auch mal ein Gedicht, doch jede meiner Schriften kreiste nur um diese vergangene Herrlichkeit, ohne sie je beim Namen zu nennen, erschöpfte sich in Melancholie übelster Art. Obwohl ich das vor mir selbst nicht leugnen konnte, machte ich weiter, schrieb mir einen Kokon aus Erinnerung, hinter welchem mich kaum etwas berühren konnte. Die Zeit, egal wie leer, verging rasch.

Freundschaften pflege ich kaum, es sei denn man mag ein paar flache Bekanntschaften so nennen. Ich war einer von denen, die auf Parties oder in Bars stundenlang in Ecken herumstehen, ohne je die Haltung zu wechseln. In der einen Hand das Glas, in der anderen die Zigarette. Einer von denen, die ihre Gesichtsmuskeln straffen und ihre Mimik dressieren.

Ab und an, wenn mir alles zuviel wurde, und ich den Drang verspürte, meine Bürde zu teilen, schmückte ich mir irgendein halbwegs sympathisches Opfer mit den Insignien meiner verblichenen Liebe, steigerte mich in diese Maskerade derart hinein, daß ich das Vergangene wieder und wieder zu erleben schien. Allein die Menschen, die ich dafür erkor, die mir oft sogar aufrichtige Zuneigung entgegengebracht hatten, konnten meinem Ideal, diesem überzüchteten Dämon, nicht entsprechen. (Sie blieben zurück.) Wohnten mir und meiner Selbstquälerei eine Weile bei, ertrugen manche Launen, ließen sich gebrauchen, gebrauchten am Ende mich. Was mir nicht mehr als gerecht scheint.

Am Ende war ich stets erstaunt, mich allein zu finden. Dann schrieb ich vielleicht ein oder zwei Geschichten, blieb eine Woche oder mehr für mich, immer auf's neue überrascht, was sich nicht alles ertragen ließ. Als wolle das Leben mich zu Stahl schmieden. Ich vergrub mich in meine Bücher von denen ich Unmengen besaß, verbrauchte mein bißchen Geld für Alkohol und Zigaretten, bis ich es nicht mehr ertrug und dem verqualmten, von Selbstmitleid vergifteten Zustand entfloh, um wieder unter Menschen zu gehen.

So oder ähnlich habe ich mehr als drei Jahre verbracht. Drei Jahre, in denen ich die Schule verließ, nacheinander Barkeeper, Fabrikarbeiter, Komparse, Verkäufer und zuletzt Filmvorführer in einem abgewrackten Kino war.

Eines Morgens erwachte ich von dem Schock, zweiundzwanzig Jahre geworden zu sein. Neben mir, das Gesicht in die Kissen vergraben, lag ein blonder Junge, das zerknitterte Leintuch rührend um die nackten Hüften geschlungen.

Erschrocken setzte ich mich im Bett auf, blickte um mich, sah all die sorgfältig ausgewählten Gegenstände, die meine Wohnung bildeten, all meine lieben, persönlichen Dinge, darauf abgerichtet, meiner Sehnsucht Futter zu geben. Die vielen farbigen Buchrücken erschienen mir als der Inbegriff all des ungelebten Lebens, das in mir lauerte.

„Ich weiß nicht, ob du das verstehst.“, sagte ich zu diesem Burschen, der mir nicht antwortete, da seine Lippen sich auf meinen Schenkel hinunter bewegten, was ihn zu erregen schien, „aber da saß ich in meinem Bett, der Morgen platschte ins Zimmer, dieser fremde Junge lag neben mir, und ich dachte, daß es eigentlich keinen Unterschied machen würde, ob ich ewig so weiterlebte oder all meine kleinen Sicherheiten aufgab und etwas neues versuchte.

Ganz aufgeregt ob dieser Eingebung weckte ich meinen Bettkameraden, indem ich seine Kniekehlen leckte. Er erwachte auch prompt, rieb sich die Augen und sagte „Hey!“ In diesem Moment erschien er mir als das liebste Geschöpf auf Erden, und ich wühlte in seinem Haar und preßte meinen Mund fest auf seinen, was ihm nicht angenehm war, denn er hielt die Lippen aufeinander gepreßt.

Ich fragte, was los sei, worauf er etwas wie, erst die Zähne putzen, nuschelte und ins Badezimmer verschwand. Mich jedoch überfiel eine unsinnige Heiterkeit, ich grinste, kugelte im Bett hin und her, konnte mich nicht mehr fassen. Ganz erschöpft drehte ich mich auf den Rücken und betrachtete atemlos die bizarren Muster, welche die Sonne auf den Fußboden zeichnete.

Flüchtiger Schimmer. Es nahm seine Wende zu dem fernen Poltern und Zischen eines Feuerwerks, das auf einem der zahllosen Sommerfeste veranstaltet wurde. Wir, ein Bekannter und ich, standen in der Menge, wie stets bei derartigen Ereignissen, Kopf im Nacken, den Blick nach oben wie ein Fischer nach den Sternen, mit geöffnetem Schlund.

Begleitet von den langgezogenen Aas und Oos angesichts des kurzlebigen Blendwerks, barsten vielerlei Gestirne. Die Luft war lau und angenehm, Sekt wurde herumgereicht, man spielte Dekadence mit spärlichen Mitteln, und entgegen der Laufbahn der Raketen stieg wie ein enormes Ungeheuer eine hellgraue Rauchfahne in den Abendhimmel. Von plötzlicher Schwermut erfüllt, wie üblich bei solchen Anlässen, lau und erschreckend vergänglich, das alternde Lächeln von Jugendfreunden und alten Liebschaften im trügerischen Lampionlicht, verzog ich mich mit meinem Glas etwas abseits ins Gesträuch. Ich begann schon zu sinnen, als entgegen der einförmigen Melodie der Eiswürfel ein gellender Mißton die Idylle zersägte. Ein Krachen von Porzellan, das Poltern fallender Stühle, das entsetzte Zusammenraffen von Kleidern und eine schrille Knabenstimme, hörbar besoffen, die ein brechendes „Viva la muerte!" in die Menge spie.

Da war es, es lebe der Tod?, daß ich den Kopf wandte und dich sah. Du fielst in mein Leben wie ein Paukenschlag, der schon lange zuvor in mir vibriert hatte. Ich sah dich, in einer Menge peinlich berührter Menschen hinter deren Rücken eine Rauchsäule langsam in den Himmel zog. Das Feuerwerk war gerade zuende, es war gnadenlos still, ein älterer Herr, anscheinend dein Begleiter, gestikulierte wild. Sah dich, einen Moment lang wie einem Stummfilm, dann fielst du wirren Blickes hintenüber in die Holunderbüsche und aus meinem Blickfeld. Brachst durchs Gebüsch, wie durch meine Seele, dort wo sie am nachgiebigsten war. Doch schon war ich an deiner Seite, hatte mich rücksichtslos durch die Gaffer gedrängt. Ich sah nur deine blanken Schuhe, die aus dem

Grün ragten, griff in die Zweige und fand dein Haar, fand deine Hand, die voller feuchter Erde war. Ich setzte mich nieder, deine schmutzige Hand in meiner heißen. Der Holundergeruch machte mich schwindelig, ich sah den hellen Streifen deiner Beine zwischen Socke und Hose, sehr weiß, mit feinem, gekräuselten Haar bewachsen.

In meinem Rücken begann die Kapelle wieder zu spielen, schmerzhaft laut. Wir dürften wohl ein recht seltsames Bild abgegeben haben, bevor uns jemand erlöste, an deinem anderen Arm zog, mir half dich aufzurichten, denn du warst so himmelschreiend besoffen, daß du ständig ganz jammervoll in den Knien einsacktest.

Dann standen wir uns Auge in Auge gegenüber, einige Holunderblüten hatten sich in deinem Haar verfangen und begannen schon zu welken.

„Gütiger Himmel!" stöhntest du und blicktest leidend unter den schweren Lidern hervor. Den Rest deiner Worte verschluckte die Kapelle. „Gütiger Himmel!" Du schlossest die Augen und ließest den Kopf vornüber sacken. Besorgt bettete ich ihn auf meine Schulter. „Läßt du jetzt bitte meine Hand los?" hörte ich dich wieder. „Natürlich, entschuldige!" Ungeschickt versuchtest du, deinen Anzug zu säubern, fuhrst dir über Nacken und Haar. Verströmtest Holunder, während ich ohne nachzudenken die Blüten aus deinem Haar pflückte und in meinen Jackentaschen verschwinden ließ. Die Kapelle spielte einen Slow Fox.

Keine Ausrede mehr fürs Leben zu haben erschreckte mich, ich hatte dich unwiderruflich gefunden, und ich wußte, ich war erledigt.

Wie gestoßenes Eis zog es mir durchs Rückgrat.

Der seidene Stoff über einem Frauenschenkel, das Schlittern der tanzenden Füße auf der Veranda, der Geruch deiner Zigarillos, die glänzenden Instrumente der Musiker.

Dein Gesicht, nicht schön, sondern ziemlich mitgenommen, grün(d)liche Schatten und feuchte, etwas unreine Haut, mir gegenüber.

All das wollte mich quälen in seiner Intensität.

Motten taumelten um Chinalampions. Wir saßen und tranken bis es hell wurde. Als dein Kopf schließlich, schwer von Müdigkeit und Alkohol, auf die Tischplatte sackte, hielt ich meine Hand dazwischen, bettete ihn zum Schlaf, nahm dir das Glas aus der Hand und ging benommen nach Hause, während der frisch geschlüpfte Tag, dieses schutzlose, schüchterne Blau von Vogelschreien zerrissen wurde.

Als ich mich noch einmal umdrehte, sah ich, wie dein Begleiter vom letzten Abend, die deutlichen Spuren der Übernächtigung im Gesicht, aus dem Haus zu dir trat, an dir rüttelte, und versuchte, dich zum Gehen zu überreden.

Man weiß nie, zog es mir durch den Kopf, ob die Vögel am Morgen schreien oder singen, und es ist auch egal.

Die nächsten Tage waren die Hölle. Ganz abgesehen von einem mörderischen Kater, hatte ich beim Aufwachen das unsägliche Gefühl, meine Haut sei über Nacht eine andere geworden. Sie juckte und zog, wollte wie ein abgelegtes Kleidungsstück einfach nicht mehr passen. Meine Gesten beim Frühstück, das ich stets genossen hatte, wenn ich im schrägeinfallenden Sonnenlicht meinen Kaffee trank, Hörnchen aß, Musik hörte, meine Gesten waren lahm und lustlos. Nicht mal der Kaffee schmeckte. Meine Wohnung, so schien es mir, war nur ein Provisorium, und alles, was ich tun könnte, überflüssige Zeitschinderei. Es gab nur mehr eines zu tun, und davor graute es mir.

Kurzentschlossen meldete ich mich im Kino ab und mimte eine Woche lang den Kranken. Ich versuchte, mich erneut in meine Bücherwelt zu versenken, rief alte Bekannte an, die mich auch tatsächlich besuchen kamen, richtig rührende Krankenbesuche machten, Blumen und Trauben vorbeibrachten. Doch wenn die Tür wieder hinter ihnen ins Schloß fiel, war ich jedes Mal sehr erleichtert. Bei jedem Klingeln des Telefons zuckte mein Herz wie ein getretener Hund zusammen. Ich versuchte, meine Ruhe im Schreiben zu finden, doch alles, was ich zustande brachte, waren winselnde Worte, die mich heimsuchten. Jeder Ausdruck wie „sein Haar, seine Schuhe, er sagte etc.“, war eine Fallgrube. Mein Geist war eine Müllhalde. Kein Fleckchen, das nicht von Trauer gesättigt war, kein Anzeichen, das auf Zukunft wies. Zwei Möglichkeiten nur, die mir blieben. Ewig im gleichen Dreck herumzuwühlen, ewig bedauern oder mich darüber hinwegzukämpfen.

Die Entscheidung wurde mir abgenommen, denn du hattest inzwischen über Umwege, und wie das in gewissen Kreisen so

geht, meine Nummer herausgefunden und riefst mich an. Ich bewunderte deinen Mut, ich war entwaffnet. Wir verabredeten uns unverbindlich für die nächsten Tage.

Wir trafen uns in einem Straßencafe. Es war ein denkbar ungünstiger Tag, die Sonne brannte vom Himmel, es war unglaublich heiß. Bevor wir uns begrüßten, mußten wir lachen, denn wir trugen beide schwarze Sonnenbrillen, fast das gleiche Modell.

Das Absurde der Situation ersparte uns viele Worte. Geschützt von einem Sonnenschirm saßen wir vor unseren Eiskaffees herum, schlugen die Augen hinter den dunklen Gläsern nieder. Als ich zum zehnten Mal „ich hasse die Sonne!" gesagt hatte, wurde es langsam unerträglich. Am liebsten wäre ich aufgesprungen und hätte mir an der nächsten Ecke den nächstbesten Liebhaber gesucht, doch das war unmöglich. Als sei deine beharrliche Nähe alles, was das Blut zum Kreisen brächte. Etwas in mir holte zum Schlag aus, als du schlicht meintest, „Laß uns gehen, ich möchte sehen, wie du lebst." Du nahmst deine Brille ab, ich sah deine Augen wieder, die ich seit jenem Abend auswendig gelernt und mir oft rezitiert hatte, tiefbraun mit bronzenen Sprenkeln, zur Mitte hin ein spiraliger Abgrund. Du nahmst mich am Arm und wir gingen. Unnötig zu sagen, daß damit alles getan war.

Ich wandte mich wieder meinem Matrosen zu, der seinen Kopf mittlerweile in meinem Schoß vergraben hatte wie ein Tier, das die Nährquelle der Mutter sucht, so beharrlich und ungestüm, als wolle er meinen Schwanz verschlingen. Gedankenverloren strich ich ihm durchs Haar und versuchte, meinen Atem mit seinem Rhythmus in Einklang zu bringen, was während des Sprechens nicht einfach war.

„Bist du fähig, dir das auszumalen?", fragte ich eher rhetorisch, da er sowieso nicht hätte antworten können, „schon am Ziel zu sein, bevor man überhaupt losgelaufen ist?"

Zu erkennen, daß, wenn keine Steigerung möglich, es nur die Wahl gäbe zwischen Verzicht oder langsamem Verschleiß. Unsere Lage wurde noch erschwert dadurch, daß wir in verschiedenen Städten wohnten. Etwa zwei Stunden Zugfahrt zwischen uns. Züge wurden meine Passion. Züge, die in den Abend dampften, Züge, die dem Tag entgegenquietschten. Muffige Zugabteile, die Stirn an ein schmieriges Fenster gelehnt, die ewig öde Landschaft vorbeirauschen sehen. Die Gleichförmigkeit des Dahinrollens über offenes Land. Der Gang zum Bahnhof wurde mir zum Ritual. Jeden Freitag Abend nach der Arbeit packte ich meine Sachen, ein Buch, ein frisches Hemd, Wäsche, eine Kleinigkeit für dich, kaufte mir am Schalter meine Karte, am Kiosk eine Schachtel Zigaretten, stellte mich absichtlich etwas zu früh an den Bahnsteig und wartete. Ich roch den Sog des Fernwehs, der Flüchtigkeit, betrachtete die eisernen Leiber der Züge und die Gesichter der Wartenden, trank Kaffee aus dem Automaten.

Ich ging mit meinem Koffer zum Bahnhof wie ein Vieh zur Schlachtbank, doch ich hätte nicht anders gekonnt.

Wir verbrachten ein Wochenende, spielten eineiige Zwillinge. Die Freude des Wiedersehens und der giftige Schmerz des Abschieds waren eins. Meistens war ich es, der kam, da du durch deinen Job als Barkeeper noch mehr gebunden warst. Unser Zusammensein war ein Fest, ein diffuser Taumel, wir peitschten unsere Nerven, wir laugten uns aus oder lullten uns ein in stetem Wechsel, wir machten Nächte in deiner Bar durch, wir tranken zuviel, wir rauchten zuviel, wir erfanden uns eine Sprache und erschufen einen der Welt völlig abgewandten Bezirk. Jenseits nannte ich es. Mit dir zusammen war ich jenseits, um Sonntagabend wieder erschöpft am Bahnsteig zu stehen.

Nur kann man nicht lange zwischen diesseits und jenseits pendeln, ohne daß es Spuren hinterläßt. Für das Auge kaum sichtbare, aber tiefgreifende Spuren.

Meine Lebensfähigkeit nahm beständig ab. Meine Arbeit schien mir unsinniger denn je, meine Vergnügungen seicht, meine Umgebung überreif.

Ich arbeitete, das war mir klar, nur noch, um meine Wochenenden zu finanzieren, da war nichts, was ich für mich selbst angestrebt hätte, keinerlei Ehrgeiz. Ich brauchte einen Plan, eine Idee. In deiner oder meiner Stadt zusammenzuleben war unmöglich, es bedurfte eines neuen Ortes, einer gänzlich neuen Lebensart weitab von den kleinen Gefräßigkeiten des Alltags und der Gewohnheit.

Ich spürte in mir eine enorme Kraft, welche kein Ventil finden, eine Energie, die nirgends angreifen konnte, Qualitäten des Geistes, die nicht gefragt, eher hinderlich waren.

Bevor ich mich nachts zum Schlafen legte, sah ich Geldscheine, Lotteriescheine, Möglichkeiten um meinen Kopf wirbeln. Ich sah uns beide Flugzeuge besteigen, sah uns, mit Strohhüten und dunklen Brillen im Herzen schillernder Metropolen auf Balkonen sitzen und an Drinks nippen. Alle Flugzeuge hießen Jenseits. Um nicht zu kapitulieren schlief ich ein, ich schlief bis zum nächsten Wochenende.

Wieder saßen wir zusammen im Zimmer. Er rauchte, ich las. Vor den Fenstern die Vögel, die Dächer, die Stadt. Rauch, der sich in Schwaden zur Decke ringelte. Es roch nach Kaffee, zusammen sahen wir zu, wie draußen der Schnee fiel. Erschreckend genügsam. Stundenlang hielt ich dich so im Arm.

Nachts, ständig schwitzend, spürte ich, wie deine Bauchdecke unter meiner Hand sich hob und senkte. Das Haar klebte uns am Kopf, als seien wir gerade aus dem siebten Himmel gerutscht. Wir schwitzten und unser Schlaf war Schwerstarbeit. Oft erwachten wir mit glänzender Haut, mit dreckigen Fingernägeln, als hätten wir im Traum nach irgendetwas gegraben.

Es mag absurd klingen, aber ich begehrte deinen Körper so sehr, daß Sexualität völlig überflüssig wurde, unbrauchbar. Zwar hatten wir anfangs einige Male diesem Wahn gehuldigt, ich machte einen Altar aus deinem Hintern und seinem süßen Loch, das ich so gerne mit der Zunge liebkoste, wir trieben es nächtelang, bis wir glaubten, die Körper würden sich auflösen in Schweiß und anderen Säften, doch es war offenbar, daß es nicht genügen würde. Worte und Körper, mit was für plumpen Werkzeugen man sich so lange Zeit zufrieden gegeben hat.

Unser Zusammensein gebar die seltsamsten Gebräuche. Wir hatten begonnen, unsere Haut mit Schnittwunden zu zieren. Rasierklingen neben dem Bett, griffbereit, träges Blutrinnsal zieht sich über das Fleisch, ritzt zarte Muster und Straßen, die wir gegenseitig mit Ehrfurcht betrachteten. Ich weiß nicht mehr, wer damit angefangen hat, aber es beruhigte für eine Weile die wunden Nerven, schuf ein noch engeres Band, das uns die allseitigen Beschränkungen stoisch überstehen ließ.

Auf meinen ewigen Zugfahrten brauchte ich nur meine Narben zu betrachten, und ich war versöhnt.

Manchmal schien es mir, als könnten diese Schnitte, die meinen Körper mittlerweile über und über bedeckten wie flammende Tigerstreifen, als könnten diese roten Spuren Landkarten sein, die zu lesen ich nur noch nicht imstande war.

Ich wurde karger und karger, alles blätterte von mir ab. Interessen, Ziele, Eitelkeiten, sogar Eigenschaften, die ich für immanent gehalten hatte. Mein Zustand war eine Art Krankheit, in welcher die Krankheit sich selbst erkennt und annimmt.

Du entgingst dem auf deine Art, indem du dir ab und an einen spontanen Kurzausbruch leistetest. Dann tramptest du Hals über Kopf irgendwohin, meist ins Ausland, stürztest dich in Extreme, in Abenteuer, bis dir das Geld ausging und du erschöpft, oft auch gedemütigt zurückkommen mußtest. Zu mir, der ich deine Wunden leckte, der nur durch bloßes Dasein Trost zu schaffen vermochte.

Manchmal kamst du spät in der Nacht von deinen Streifzügen zurück, mit den Augen eines Wolfes, legtest Geldscheine auf den Tisch, legtest dich schweigend zu mir, rochst nach fremdem Männerfleisch, nach Schweiß und üblen Gefühlen. Dann haßte ich all diese Fremden, die dich für ein paar lumpige Papierfetzen benutzten, ohne dich würdigen zu können. Du aber warst so stolz und froh uns Beute gebracht zu haben, daß ich mich mit dem Gedanken, dich unantastbar zu wissen, beruhigte.

Unser eigentliches Leben vollzog sich im Stillen, in stillen Wochenenden, wobei wir das Äußere, so gut es eben ging, gestalteten. Wir lasen, wir kochten, wir aßen zusammen, stritten uns beim Zubereiten einer Forelle, hörten Musik, gingen, kamen, schliefen. Wir schwitzten uns durch die Nacht, um uns am Morgen in aller Ausführlichkeit unsere Träume zu erzählen.

Ich hätte mich nicht geschämt, zu gestehen, daß ich einen Zustand der Glückseligkeit erreicht hatte, der an Verzweiflung grenzte. Ewiges Heilmittel Schlaf. In unseren feuchten Laken heilten wir ein wenig, standen auf mit schweren Gliedern, fielen schwer zurück auf die Erde. Jeder Morgen, ein Riß, ein Bluten auf unsere Häupter, ein Gefecht, sich ständig wiederholende Resignation vor den Notwendigkeiten des Tages.

Stets das gleiche Bild. Du stehst am Fenster, die erste Zigarette schon in der Hand, ich bereite Kaffee, mein Nacken schmerzt. Der Spiegel spuckt mir Blässe ins Gesicht und müde Augen, fiebrig gerötet. Du stellst zwei Tassen auf den Tisch, du schenkst ein, du schneidest Brot, du trittst hinter mich, legst deine Hand an meinen Hals und sagst „Na?", und ich frage dich, was du geträumt hast. Ein Ritual, beruhigend. Wir essen schweigend, manchmal bricht eine Knospe Albernheit auf, dann lachen und kichern wir über Unsinnigkeiten, spucken Krümel über den Tisch.

Ich versuche mir vorzustellen, daß alles so weitergeht, ich sehe dich bis in alle Ewigkeit zwei Tassen auf den Tisch stellen, ich sehe einen Zug, der stetig zwischen zwei Städten hin- und herrauscht. Dies Bild übersteigt meine Vorstellungskraft.

Es ist Abend. Ich trete ein in einen Raum ohne Schwere, dunkelrot, purpur, der das Licht verschluckt wie ein Teppich. Dort, im Spiegel eines Glases sehe ich dein Gesicht, in welchem sich träge eine Orangenscheibe dreht. Cheers! Ich hebe mein Glas und proste dir zu. Es ist einer der üblichen Abende, wir treffen uns in einer Bar, wir trinken Unmengen von Cocktails, die du mit deinem Beutegeld bezahlst. Wir reden, wir schweigen, sehen dem Glimmen der Zigarette zu, vermeiden das Wort Zukunft, obwohl ich dir eines Abends im Winter „Zukunft ist der Gott" ins Ohr geflüstert, und dir einen Skarabäus als Talismann geschenkt hatte.

Nun dieses Stranden beobachten zu müssen, war schlimmer als alles andere. Dinge geschahen überall auf der Welt, nichtige und schreckliche Dinge, die schwach in mein Bewußtsein brandeten. Krisen, Erdbeben, mittlere Atomunfälle. Allerorten Untergang. Stürmische Zeiten, die uns nur bestärkten.

Das Boot unserer Zeit driftete unaufhaltsam dem Wasserfall zu. Ich jedoch, der ich einen Sturm gebar, hatte eine eigene Skala der Wertigkeiten entwickelt, und der Zeiger schlug nur aus, wenn ich versuchte, mir unser gemeinsames Leben zu erfinden, dieses „Zukunft ist der Gott" zu rechtfertigen.

Wir sprachen nicht mehr über den Tod, obwohl er mit uns an der Bar hockte, Seite an Seite mit uns trank. Wir ließen ihn neben uns herschlendern.

„Hörst du mir überhaupt noch zu?", fragte ich meinen Jungen, und schluckte eine Handvoll Sand, da dieser mich inzwischen, anscheinend war es ihm über geworden stundenlang mein apathisches Geschlecht zu liebkosen, sanft auf den Bauch gedreht hatte. Sein Gewicht ruhte angenehm auf meinem Rücken, ich spürte seine Hände auf meinen Schultern, als er sich die richtige Lage suchte. Dann befeuchtete er sich sorgfältig die Finger mit Spucke, befeuchtete mich, und schob mir mit viel Geschick, das auf lange Übung schließen ließ, seinen Schwanz in den Hintern, ohne daß es schmerzte.

„Ja", sagte er und keuchte ein wenig, „ich hör dir gut zu."

„Ich will mich auch nicht bei äußerlichen Gesichtspunkten aufhalten, denn wer einmal die schleichende Apokalypse unserer Zeit, welche selbst die Offenbarung wie ein Wiegenlied erscheinen läßt, Auge in Auge geschaut hat, wird erkennen, daß jedes Wort überflüssig ist", wandte ich mich wieder an dies Wesen auf meinem Rücken, das sich hob und senkte, sodaß wir das Bild eines schnaufenden Zentaurs bildeten.

Vom Hafen her drangen heisere Männerstimmen, ein Insekt krabbelte mir quer übers Gesicht.

Ich will mich nicht aufhalten, obwohl es schwer fällt. Was ich sagen will, ist, daß wir für uns einfach keinen Raum fanden, keine angemessene Möglichkeit des Lebens. Wir mußten uns bescheiden oder aufgeben. Beides war unmöglich. So wateten wir ziellos in einem Meer von Sehnsucht, warteten auf das erlösende Wort.

Als ich es nicht mehr ertrug, floh ich. Floh vor dir, der letzten Konsequenz, meinem abgestandenen Leben, das mich zu zermalmen drohte.

Durch einen Bekannten, der ein gutes Wort einlegte, fand ich Arbeit auf einem dieser Luxusdampfer, die von unserem Heimathafen aus auf große Fahrt geschickt werden. Ich wurde Schiffsjunge, Mädchen für alles, Steward. Dieses freiwillige Exil würde mich retten, so dachte ich. Meine obligate, weiße Uniform, die in krassem Widerspruch zu meinem Wesen stand, schloß mich ein wie ein Sarkophag, ich bestieg sie wie eine eiserne Jungfrau. Befreit, jenseits.

Ein wandelndes, neutrales Weiß. Lächelnd, zuvorkommend, dienstbeflissen. Ich servierte Drinks auf Deck, brachte die Kabinen in Ordnung, trug dickärschigen Touristen Sonnenstühle hinterher. Ließ mich treiben in den Gewässern seichter Höflichkeit, belangloser Gespräche unter meinen Kollegen.

Es gefiel mir, mich zu kasteien, mich zu reduzieren. Gewissenhaft erledigte ich meine Pflichten, versagte mir, bis auf einige Worte in mein Notizbuch, sogar das Schreiben, obwohl mir deine Briefe wie ein Schwarm Möwen hinterherkreischten. Ich wollte mich ganz und gar vergessen. Ein Sklave in Weiß, weitab. Allen Sehnsüchten enthoben trieb ich auf dem Ozean dahin.

Und, was soll ich dir's schildern, nachts an der Reling über das glitzernde, gleichgültige Wasser zu blicken, Untiefen unter meinen Füßen, sandte ich Gedanken wie Pfeilgarben in Richtung deines irgendwo schlummernden Leibes, unwiderruflich. Die Landschaft deines Gesichtes im Lampionlicht, dein sehniger, unsteter Körper, Augen, die mich ausbluteten.

Wir schreien, so notierte ich, wir schreien, wir schreien ein Leben lang nach einem, der uns ähnlich sei, haben wir ihn gefunden, schreien wir immer noch, lauter sogar. Wir schreien und schreien bis der Tod uns das Maul stopft.

Amor, dieser lüsterne Zwerg, rettete mich schließlich. Er schoß mir keinen zarten Pfeil ins Schulterblatt, er bohrte seine Lanze quer durch meine Innereien. Ich fiel in die Klauen eines flegelhaften Gottes, eines kindlichen Ungeheuers, ich fiel in die Klauen von Guy.

Er war, wie ich, ein Schiffsboy, nur, daß er im Casino den Kellner spielte, dieser flackernden Vergnüglichkeit, die jede Nacht bis aufs Äußerste strapaziert wurde.

Unsere äußerliche Einsamkeit trieb uns einander in die Arme. Er war auf seine muskulöse, einsilbige Art ebenso ausgeschlossen von den Freuden der Kameradschaft, wie ich auf meine prinzchenhafte Art.

Wir umstrichen einander eine Zeitlang, unsere Wege an Deck kreuzten sich immer häufiger zu bizarren Mustern, bis wir eines Abends endlich in seiner Kajüte, auf seiner Pritsche landeten, nackt, und ich ihm meinen so verschlossenen Körper servierte, den er mit einer Gier verschlang, die mich glücklich machte. Seine großen, kräftigen Hände zwangen mich zum Genuß und nahmen jede Stelle meines Körpers in Besitz. Oft pflegte ich, die Wange an seine Hoden geschmiegt, einzuschlafen, meinen Atem in sein blondes Schamhaar hauchend. Mit ihm war Sex von barbarischer Einfachheit, zärtlich und obszön gleichermaßen, er kannte keine Unterschiede, egal ob er mich herrisch vor sich knien ließ oder andächtig an meinen Zehen lutschte.

Sein Körper wurde mir Opium, Vergessen.

Auch wenn Sprachverwirrung zwischen uns herrschte, wenn wir von gegensätzlichen Polen der Welt kamen, um uns hier in diesem Bett zu finden, so verbrachten wir doch wundervolle Tage, in einer Art animalischer Vertrautheit.

Krächzend alte Beatplatten vertrieben uns die Mittage, wenn wir mit wippenden Füßen, ineinander verschlungen, auf der Pritsche lagen, Whisky tranken, ab und zu einen Joint drehten, Back Gammon spielten, und sorglos wie Welpen dem nächsten Zielhafen entgegentrieben, wo bei nächtlichen Kneipentouren uns die Tage zu psychedelischen Farbstrudeln gerannen.

Vereinnahmt von sinnlichen Vergnügungen, süchtig nach dem kurzen Taumel des Fleisches, schlug doch ab und zu meine innere Alarmglocke an. Guys Unfähigkeit, mich richtig einzuschätzen, machte mich traurig. Unfähig zu sehen, daß mein Fieberwahn mehr war, als Begehren, als stürmische Verliebtheit, als all diese Dinge, sondern im Gegenteil, die beste Art mir selbst zu entkommen.

Seine Zuneigung, die echt war und ohne Absicht, beschämte und berührte mich gleichermaßen, doch ich konnte nichts damit anfangen. Er wollte mich wirklich, und ich wollte mich loswerden durch ihn. Tragik nennt man das wohl.

Während das Wasser gegen das Bullauge schlug, lernte ich einiges über Schmerz und Demütigung, über zutiefst verschwiegene Dinge. Seine Hände waren die eines Schlächters und eines Pianisten. Oft wünschte ich, er würde mich in unserer Raserei erdrosseln, zerfetzen, meinen Kadaver übers Deck schleifen, und ihn mit Seemannsgruß in die Tiefen versenken. Ruhend zwischen Seesternen. Deine Briefe, diese fordernden Signale, von der einen, und Guys Leib, seine Freundschaft von der anderen Seite, dehnten mich wie ein Gummiband übers Meer. Es zerriß mich inwendig, wenn ich nicht gerade mein Hirn, mein Herz in seinem breiten Brustkasten vergrub. Ich war nichts mehr, als ein Stückchen Gefühl am Fleischerhaken, hin und her gerissen und erbärmlich.

Trotz unserer traurigen Verschiedenheit, der wir in schlaflosen Nächten entflohen, kam es vor, daß Guy und ich manchmal unverhofft nebeneinander an Deck standen und minutenlang aufs Meer hinaus sahen, ohne ein Wort zu sagen, als lauschten wir, und obwohl gewiß war, daß jeder einer anderen Sache lauschte, verband uns dieses gemeinsame Schweigen mehr, als alles andere.

Dann zog, so heißt es in einem alten Sprichwort, ein Engel vorbei, und wir, zwei glattgekämmte Schiffsjungen in weißen Anzügen, gänzlich entrückt, sahen ihm nach, wie er verschwand.

Mein Reiter, dessen Fingernägel sich mittlerweile schmerzhaft in meine Schulterblätter gruben, dessen Atem in meinem Nacken zum blechernen Rauschen des Hafens anschwoll, hielt bei dem Wort „Engel" einen Moment lang inne, bevor er sich weiter dem Rhythmus hingab. Ich war gerührt, und streckte wie als Antwort auf sein Begehren, das mich erleichterte, meinen Hintern noch hingebungsvoller in die Höhe, als ich fortfuhr.

Guy und ich erschöpften unsere Begierde, wir loteten uns bis zu der Grenze aus, wo kein Weiterkommen möglich ist. Meine Kratzer und Bißwunden zeugten von dieser Suche. Ich kam zu einem Ende, und das stimmte mich hoffnungsvoll. Es genügt, ein Mal bis zum Gerippe vorzudringen, um einiges mit anderen Augen zu sehen. Ich war ausgebrannt, fast geläutert, viel Raum, um wieder neu zu beginnen. Guy und mir blieb eine etwas melancholische Vertrautheit, welche die Grenzen achtete, und wir beließen es dabei.

Als die Saison vorbei war, und mein Arbeitsvertrag auslief, war ich bereit, mein altes Leben wiederaufzunehmen, das heißt, es zum Besseren zu wenden. Ausgerüstet mit einem wütenden Willen zur Tat, schien es mir nicht mehr gar so unmöglich, sich einen Freiraum zu erkämpfen, es zumindest zu versuchen. Das Hinabtauchen in zwei Extreme hatte mich eingependelt. Und dich, dessen Briefe stets ohne Antwort geblieben waren, wiederzusehen, schien mir besser als Alles.

Meine Wohnung existierte noch, wenn sie auch fremd war, überkommen. Ich packte meine Sachen aus, Treibgüter meiner Reisen. Ein Photo von Guy, das ich sorgfältig verwahrte, seine Adresse, von der ich wohl bald Gebrauch machen würde, meine Schiffsuniform mit der schwarzen Fliege, die ich wie eine Reliquie behandelte. Ich weiß noch, es war ein schöner, sonniger Morgen, ich machte mir einen Kaffee, trank aus meiner gewohnten Tasse, sah aus dem Fenster, wo mich die vertraute Ansicht begrüßte. Der blaue Himmel war Ansporn und Absolution zugleich.

Auf meinem Schreibtisch stapelte sich die Post der vergangenen Monate, doch nur ein Umschlag fiel mir in die Hände, der wichtig war. Deine Schrift, die unverwechselbare, eine französische Briefmarke. Ein Bild fiel heraus, eine Photographie von dir. Du standest auf einer Art Brüstung, hattest dein Barkeeperjacket an, hieltest eine Zigarette in der Hand und den Blick sinnend und ein wenig ironisch nach unten gesenkt. Dein Haar, an den Seiten frisch ausrasiert, verlieh dir den gleichen linkischen Charme wie an jenem Abend, als ich den Holunder herausgepflückt hatte. Auf der Rückseite ein paar entsetzlich verschwommene Worte. – "Es ist reiner Irrsinn, stand da, es ist reiner Irrsinn" – Sonst nichts.

Plötzlich wurde mir bewußt, daß ich schrie, immer wieder schrie ich das Wort „Irrsinn", und der Junge auf meinem Rükken, der zum Ende kam, schrie und röchelte ebenfalls. So vollführten wir ein absonderliches Duett, indem wir abwechselnd schrien. Mit einem letzten „Irrsinn!" fiel er schwer auf mich und lag still. Schlagartig wurde ich mir vieler Empfindungen gleichzeitig bewußt. Meine empfindlichsten Teile brannten, die kühle Brise zog über meinen rechten Fuß, da ich meinen Schuh verloren hatte, Staub knirschte mir zwischen den Zähnen, und vom vielen Reden war mein Hals wund. Außerdem lief mir die Nase. Ich befand mich, wie ich mit Galgenhumor feststellte, in einem Zustand vollkommener Auflösung.

„Mein Gott", stöhnte ich nur heiser, und stützte mich auf die Unterarme. Mein Matrose, der sich inzwischen von mir erhoben und sich eine Zigarette angesteckt hatte, sah mich fragend an. „Wie geht es weiter, ist er zurückgekommen?"

„Nein", krächzte ich, da meine Stimme jetzt wirklich den Geist aufgab, „Nein, bis jetzt nicht."

„Und?", fragte er weiter und gähnte ausgiebig, aber auf nette Art. „Und was?" „Na, was willst du tun?" Er hatte begonnen, sich einigermaßen zurechtzuzupfen, klopfte sich den

Dreck von den Kleidern. „Nicht viel“, meinte ich, und sah, wie ein schmaler, heller Streifen über dem Hafen sichtbar wurde, „ich übe mich im freien Fall.“

Von meiner rätselhaften Antwort eingeschüchtert, machte er jetzt Anstalten zu gehen, da auch er die untrüglichen Zeichen der Morgendämmerung nicht länger ignorieren konnte. „Mein Gott“, murmelte er mit kleinen Augen, „das wird ein Tag.“ Dann drückte er mich ungelenk an sich, schulterte seinen Seesack, und mit einem Gang, dem man die Müdigkeit anmerkte, ging er die Böschung hinab in Richtung Hafen, wo seine Arbeit auf ihn wartete.

Ich merkte, daß ich fror, die ersten Möwenschreie drangen an mein Ohr, es wurde viel zu schnell hell um diese Jahreszeit. Eine Weile kroch ich erfolglos im Gestrüpp herum, um nach meinem Schuh zu suchen, dann ließ ich es sein. Müde war ich und leer, all die Bilder zu verdauen, die mich heimsuchten würde es wohl Jahrhunderte brauchen.

Still sah ich zu, wie sich ein neuer Morgen aus der Nacht schälte, die alte Erde sich wieder in ihre Bahn warf, und der Lärm von den Docks klang mir wie ein Gebet.

Jails
oder Romance in black

Ein stillgelegtes Fabrikgelände. Stacheldraht, Kellerschluchten. Die Nacht ist klar, kühl, hält den Atem an.

King & Queen in Leder kommen die Stufen hinab. Still, schön, stolz. Reihen sich ein zwischen die glänzend schwarzen Rücken an der Bar. Ein Köpfewenden, Augenblicke. Dann wieder Starre, unterdrücktes Flüstern. Der harte Beat der Musik.

Gläser werden gefüllt und geleert. King & Queen in Leder, höchst malerisch drapiert, trinken sich zu, in einem kurzen Einverständnis über den Rand des Glases hinweg. Der Herr hält sein Kleinod an einer Leine bei sich. Das Halsband, das daran knüpft, ist von schwerem Eisen und umspannt den weißen Hals aufreizend gewaltsam. In die Gestalten an der Bar kommt ein Wogen, erste Gesprächsfetzen flattern auf. Die schwarze Starre weicht fiebernder Erwartung, dazu der heiße Beat.

Der Herr heißt sein Geschöpf in die Knie zu gehen, zu seinen Stiefeln kauern, die mattes, knirschendes Begehren wekken. Eingekeilt zwischen massive Körper, die sie nur bis zu den Gürtelschnallen sieht, kniet sie. Gefügig, geduldig. Er beugt sich hinunter und drückt ihren Kopf auf die Stiefel. Sie küßt und leckt. Die Reitgerte wandert über ihren Rücken und schürt ein wenig Qual. Dann eine kurze Absprache über ihrem Kopf. Zischende Stimmen, die Leine spannt sich, der Halsring schneidet ein. Sie sieht sich unvermittelt in einer Allee aus Stiefeln. Motorrad-, Militär- und Reitmodelle und der Herr treibt sie mit gezielten Schlägen von einem Paar zum nächsten und heißt sie anbeten. Die Allee schließt sich, endet und wird zum Kreis. Kreis aus Gürtelschnallen, Lenden, Körperhitze und Geruch. Der Herr umfaßt ihren Nacken und preßt ihr Gesicht an den Schritt des ersten, der sich sogleich, als hätte er gewartet ihren Mund erobert. Mit langsamen Stößen. Der Herr blickt auf sie herab und zeichnet rostige Striemen auf ihre Schulterblätter und betrachtet ihr Tun mit Wohlgefallen. So dient sie jedem auf Knieen, gänzlich bemüht um die Lust der gesichtslosen Gruppe und wartet doch nur. Und wünscht sich doch nur –

Das feine Gewebe der Strümpfe schon zerfetzt an den Knieen und der Mund heiß und rot von all dem Bemühen. Der letzte, dem sie zu Diensten ist, grinst, als es soweit ist und packt ihren Kopf grob zwischen beiden Händen. Endlich öffnet sich der Kreis, Schritte entfernen sich. Sie schluckt an dem schalen Geschmack und wartet. Den Kopf gesenkt. Der Stiefel, der sich schwer auf ihren Rücken senkt, drückt ihr Gesicht in den Staub. Sie krümmt sich. Feiner Sand rieselt von den Sohlen in die Falten des Lederkorsetts. Sie wünscht er möge sie endlich erlösen, und entgegen allem Gehorsam, dreht sie sich und legt das Gesicht an seinen Oberschenkel, die Wange an den rauhen, beruhigenden Stoff der Breeches, atmet schwer und heult fast. Süßes Gefängnis Hörigkeit, welch Desaster.

Da führt sie der Herr wie ein Hündchen auf allen Vieren an der Leine in eine dunkle Ecke, dorthin, wo die Toiletten sind und nur ein mattrotes Licht noch scheint. Verriegelt die Tür und blickt sie an. So schön in all der schwarzen Haut und dem Schild der Kappe über den Augen. Lehnt sich breitbeinig an die Wand und läßt das Koppelschloß klirren. Holt es heraus, so hart und verlockend, umfaßt es mit der Faust und spricht. Komm, sagt er rauh, komm her! Sie kriecht zu ihm hin, die Königin, ganz außer sich vor Sehnsucht und öffnet den Mund, um ihn zu bedienen. Hemmungslos und hingebungsvoll.

Mit dem Fuß schiebt er ihr die Schenkel auseinander. Du kannst dich anfassen, sagt er kühl, wenn du willst. Auf nichts anderes hatte sie gewartet. Der vorangegangenen Szenen wegen geht es sehr schnell. Ihr Zucken trifft sich mit seinem, und während die Beine noch zittern nimmt sie jeden Tropfen von ihm auf, als wäre es die Absolution. Küßt seine Hände, küßt seine Stiefel, ich bete dich an, denkt sie, und leckt ihn sauber.

Dann betrachten beide in stiller Verzückung das kleine Rotlicht, das von der schmutzigen Decke baumelt und in der Luft hängt deutlich der Geruch von Pissoir.

Boulevard des Hungers oder Sadomasochistisches Tagebuch

Eine Rückschau auf die vergangenen Monate bis hin zu jenem April, entgegen jeder Chronologie und Objektivität, eher ein Versuch, Phantome zu haschen, die gleich Tiefseefischen durchs innere Aquarium geistern, um sich ab und zu an der Einsicht zu stoßen, eine Jagd nach Phantomen, nichts weiter.

Ein Rückblick zu jenem April letzten Jahres, als ich fiebernd, nach dem sehr bodenständigen Buchen einer Reise ins Irland Traumland, in einem schwarzen Rollkragenpullover, ja, es war frisch dieser Tage!, mich in meine Heimatlokalität, das Kap der Hoffnung & Ernüchterungen schleppte, mit mehr Befürchtung, als Erwartung. Das erste Gespräch mit einem Unbekannten, einer Kontaktanzeige, einer Stimme am Telefon, dem tausendsten „Gleichgesinnten", oh, tödliche, leidbringende Passion!, die mich so oft vernichtet hat ob ihrer eisigen Einsamkeit willen. Und in der ganzen westlichen Hemisphäre, so schien es, schlug kein so geartetes Herz wie das meine.

Nun sprach ich mit ihm, leibhaftig, dem Fremden, dem Phantom. Die Erscheinung, die Gesten, das Haar, eher angenehm, die Stimme dunkel. Jung war er, etwas schüchtern angesichts der Situation und darob im Übermaß gesprächig. Durch meine Influenza ermattet, ließ ich ihn vorerst gewähren, abwartend, ließ mir erzählen. Gefühllos amüsiert. Das nächste Treffen war alsbald abgemachte Sache. Da mir die Zeit ohnehin lang und unausgefüllt war, verhieß mir dieses Zwischenspiel zumindest etwas an Abwechslung. No hope, no fear, sagte ich mir, Fatalist, der ich nun einmal bin, und grinste diesen fremden jungen Mann an, ohne ihn eigentlich zu meinen.

Was er erwartete und hoffte, was für einen Eindruck er gewonnen hatte, war mir ziemlich gleichgültig. Ich ging nach Hause, nach freundschaftlichem Abschied, legte mich in mein Bett, blickte wie jede Nacht den Lichterschlieren an der Decke nach, welche von den vorbeifahrenden Autos gezeichnet wurden und schlief dann ein, ohne einen überflüssigen Gedanken.

Die Welt war ein Eis, brüchig bisweilen, aber bewegungslos. Unter dem Eis, die Schatten.

Und die Erde dreht sich.

Einige Wochen später kniee ich vor meinem selbstgewählten Gott. Die Erde dreht sich, während ich vor meiner kleinen, privaten Gottheit kniee und um Erlösung flehe.

Dies ist dein Fleisch, das ich anbete, dies deine Hand, welche die Absolution erteilt, deine Hand, die Schläge verteilt, als ob sie Blumen streue.

Das Eis ist gebrochen, mein Fall unendlich. Ich treibe im Wirbel des Maelstroms. Poe hätte seine Freude an dem süßen Grauen, das mich verlockt und in die Tiefe zieht wie eine sehr verführerische Krake.

Der Beginn war ein schlichter. Es galt Hemmnisse zu überwinden. Willst du schon nach Hause? Nein. Warum sagst du dann nichts? Spielchen! Mein Kopf war neugierig, mein Fleisch neutral, deine Verantwortung grenzenlos. Ich suhlte mich in abwartender Passivität. Der Mut war deine Sache. Das Zimmer dunkel noch, gnädigerweise. Straßenlaternen schwankten im Wind vor dem Fenster, Sterne sah ich, und dann zum ersten Mal die zartbraune, glatte Haut deines Bauches, als du dir das Hemd hochschobst, um mich küssen zu lassen. Die Hand fest in meinem Nacken. Ohrfeigen hagelte es, gut gezielte. Hand, die mein Kinn festhielt, Hände, die sehr geschickt mit Seilen umgingen und raffinierte Knoten flochten. Süße Bewegungslosigkeit, dein Geschlecht in meinem Mund, zögernde, erste Griffe nach meinem Fell, meinem fremden, erwachenden Körper, der sich überraschend willig zeigt.

Die Gesten des Anfangs sind seltsam. Ich vermeide es zu küssen, drehe den Kopf weg, lasse Haar vor meine Augen fallen, drehe den Kopf bis zur äußersten Biegung der Nackenwirbel zur Seite, als du auf mir liegst, scheu noch, ein wenig zitternd und nicht in voller Potenz, wenn man so sagen darf, aber es gelingt.

Innerlich unbeteiligt genieße ich die Szene und lasse dich machen. Als du kommst, bleibe ich zurück, aber das ist nichts Neues für mich. Mein Genuß war anderer Art.

Nachbeben, das Weitere bleibt offen. Um zu großer Intimität aus dem Wege zu gehen, verbringe ich den Rest der Nacht auf dem Teppich im Nebenzimmer. Am Morgen stelle ich mich schlafend, als du vorsichtig über mich hinwegsteigst und gehst. Ich schmunzle und fühle mich sicher. Ganz Dandy und unangreifbar.

Doch wie die Erde sich dreht und die Tage einander ins Ungewisse jagen, so wendet sich das Blatt.

Den Tag zu bestimmen, an dem mein Widerstand endgültig gebrochen war, ist mir unmöglich, war es doch kein eigentlicher Zusammenbruch, sondern eher ein schleichendes, harmonisches in die Knie gehen. Drei Monate später oder weniger, sehe ich mich in tausend imaginäre Ketten gelegt, die mir bei jedem Gedanken ums Gemüt schlottern. Mitgefangen, mitgehangen.

Es war eine Verführung durch das Fleisch, ohne intellektuelle Doppelbödigkeiten, und dabei so absolut, daß ich, die vermeintlich Intellektuelle aus Not, immer noch staunen muß.

Süchtig bin ich. Süchtig nach diesem Körper, den ich mit jedem Male mehr schätzen lerne, süchtig nach der Lust, die er mir bereitet, süchtig nach diesem raren Einverständnis, welches zwei derart unterschiedliche Menschen in kürzester Zeit zu Verbündeten werden läßt.

Und die einzige Droge, die meine Sucht stillen kann, ist diese namenlose Essenz, die aus unserer Begegnung entsteht, dies vielzitierte Dritte, der Geist des Rituals. Welch nobler Akt der Alchimie!

Süchtig nach deinen Händen, deinen Gesten, die mir den kleinen Tod nicht nur einmal entreißen, sondern bis ins Unendliche verlängern und immer wieder von Neuem beginnen, bis zur vollkommenen Erschöpfung. Und ich, ganz Amazone, die ich mir auf meine Omnipotenz immer so viel eingebildet habe, muß zum ersten Mal die Waffen strecken.

In den menschlichen Ruhepausen, die wir uns gönnen, da wir essen gehen, ins Kino, ein Bier trinken, leistet uns das Dritte stets Gesellschaft und gibt selbst nebensächlichsten Gesprächen eine andere Qualität.

Manchmal kann ich deine Hände nicht betrachten, ohne daran erinnert zu werden, was sie getan haben, was sie tun werden, was sie tun können. Dann genügt ein Blick, ein kurzer Austausch, und die jeweilige Örtlichkeit wird zur fadenscheinigen Kulisse.

Mein Widerstand, dies mühsam gebaute Bollwerk aus Gleichgültigkeit, Arroganz und Zynismus scheint endgültig gebrochen.

Meine Augen scheinen mir blauer seit ich dich kenne, meine Haut klarer, mein Körper lebendiger. Das Bewußtsein, daß irgendwo dein Körper ohne mein Beisein existiert, läßt mich schwindeln, dein Körper, der atmet, pulsiert, sich bewegt, ein von mir abgeschottetes Eigenleben führt, läßt meine Gedanken straucheln. Während meiner Arbeit zucken hin und wieder kurze Filmfetzen vor mein inneres Auge, kurze Bruchstücke vergangener Tage und Nächte, dann lege ich für Augenblicke mein unnützes Tagwerk nieder und suche die Toilette auf, wo ich staunend nach meiner feuchten Unterwäsche taste. Die Arbeit, so ermüdend sie auch sein mag, hat etwas von ihrem Stachel eingebüßt.

Imagination ist das Zauberwort, das geflügelte Pferd, das mich von einer Verabredung zur nächsten trägt. Und Realität ist ein sehr wandelbares Ding!

Die Gesänge.

Seit ich die Poesie des Körpers besinge, hat mich die Poesie verlassen oder aber sie hat sich in tiefere Schichten verzogen, zu denen mein kreativer Geist keinen Zugang mehr hat. Fast könnte man sagen, ich lebe nur noch für die Auflösung, dieses wahnsinnige Zucken, das mir die Welt für einige Äonen aus den Angeln reißt, reißt, nicht hebt, so wie Sehnen reißen, Haare, Adern, Nerven.

Die Poesie hat mich verlassen, so scheint es, doch nun verbirgt sie sich in den frischen blutigen Rosen, die meine Räume zieren. Samtiges, unnachahmliches Rot, sehnsuchtsvoll geöffnet. In den Falten der Laken, welche verklebt und mit Geruch behaftet, im Stoff deiner vergessenen Kleidungsstücke, die ich mir aneigne, deren Duft allein mich warm und feucht werden läßt, in den schwarzen Haaren, die ich entdecke und die nicht die meinen sind. Meine sind rot, wie man weiß, rot und flammend. Und zwischen einer brennenden Fackel und einem toten Stück Fisch, das wartet, pendelt mein Sein hin und her.

Einer der ersten Abschiede, eine kleine Reise. Zu Ehren dieses Abschiedes ein opulentes Mahl. Die sprühenden Albernheiten, die unser Zusammensein bestimmen, gesenkte Köpfe und hysterisches Kichern. Ab und an ein anzügliches Erschauern zwischen den Gängen.

Die Rosen schnellten hinter deinem Rücken hervor wie ein Zaubertrick, deine neuen Stiefel waren eine erotische Verheißung. Als unbelehrbarer Fetischist wollte ich sie sofort berühren und streicheln, hielt mich aber zurück.

Im klassischen Lustgewand erwarte ich dich, das mich beim Ankleiden schon zittern läßt. Die zarten Nylons mit der Naht, das Verschließen des schwarzen Strapsgürtels, das duftende Leder der engen Rockhülse. Es ist, als bereite ich ein Geschenk vor, das nur darauf brennt, aus der Verpackung gerissen und wüst zerstört zu werden. Je sorgfältiger, je filigraner zurechtgemacht, desto gewaltiger wird die Herabwürdigung des Objekts sein, und nur du wirst merken, daß ich mich als Präsent anbiete. Aufgezäumt, wie ein Pferd. Wie passend, mein nächtlicher Reiter, Pferd, das sich von dir reiten lassen wird bis es schwitzend in seinem Zaumzeug zusammenbricht. Wie schön das war, als du zum ersten Mal „mein Pferdchen" geflüstert hast, während ich das Seil zwischen den Zähnen hatte, dessen Enden du fest in den Händen hieltest, mir den Kopf grob nach hinten bogst, um mich brutal von hinten zu nehmen, und ich, ganz Pferdenatur und in Demut meine Schenkel an deine drückte.

Ich nehme mir vor, eine echte Trense zu besorgen, dieses schlichte, magische Stück Metall. Um es zwischen den Zähnen knirschen zu spüren, um das Roß authentischer zu machen.

Während der Autofahrt faßt du immer wieder zwischen meine Schenkel. Mein Aufzug macht dich heiß, das Wissen darum, daß es in deinen Händen liegt, was kommen wird. Die Ungeduld ist oft qualvoll, und eben darum das beste Vorspiel, das sich denken läßt, besser, als die langwierigen Streichel- und Koseeinheiten vergangener Leben.

Ich kokettiere und protestiere, aber du grinst nur dreckig und meinst, falls es mir nicht gefällt, solle ich doch die Schenkel nicht gleich breit machen, während du wieder zufaßt. Du hast recht, und ich muß grinsen.

Dann in der Bar, unter losen Bekannten, mit dem Rücken zu dir, empfinde ich diese Spannung, die wie ein Fädengespinst zwischen uns hin und her schwirrt besonders körperlich. Ich schwitze, mein Rückgrat bebt, mein Unterleib. Auch du schwitzt, bist etwas nervös, möchtest bald wieder aufbrechen, man sieht es dir an. Ich bewege mich sparsam, so lasziv wie möglich. Der ganze Aufenthalt hier, alle Handlungen werden zur Farce, nur noch Aufschub, Vorbereitung auf das was näherrückt. Dann endlich ein Zeichen. Du willst, daß ich dir meinen Slip gebe. Ich soll auf die Toilette gehen, ihn ausziehen und dir dann aushändigen. Das kann ich nicht, sag ich, er würde feucht sein, was inzwischen auch wahr ist, was mich geniert und gleichermaßen anmacht. Du kommentierst es grob. Wir brechen auf. In der Wohnung schaffen wir es gerade bis zum ersten Türrahmen. Das Tier in mir bricht zusammen. Du preßt mich gegen den Rahmen, daß mir die Rippen krachen, schiebst mir das Knie zwischen die Beine, den Rock hoch, packst grob zu, meine Schenkel, meine Brüste, während ich mich an dir reibe. Geil. Treffender kann kein Wort sein. Du schlägst mich ins Gesicht, schlägst auf meine Brüste, schlägst deine Faust in meinen Bauch, ich geh in die Knie, mich immer noch reibend rutsche ich an deinem Bein entlang zu Boden, zum Geruch deiner Stiefel, presse mein nasses Geschlecht an die Stiefelspitze. Du trittst, gerade im richtigen Maß, du drückst meinen Nacken tiefer, läßt mich sie lecken und küssen, genau das, was ich die ganze Zeit über gewünscht hatte. Während du dir die Hose öffnest, trittst du auf meine Hände, beschimpfst und verspottest mich. Ich bediene dich wie stets, gierig, brav, sorgfältig und mit unendlicher Ausdauer. Dann nimmst du dir die Seile, die Handschellen, die Gerte, was auch immer. Ich bin in deinem Bann und das Ritual nimmt seinen Lauf.

Danach der Schlaf. Den Kopf auf deinem Bauch, die derangierte Wäsche noch am Leib, drifte ich beinahe schon weg. Es gelingt mir jedoch noch, etwas zu trinken, die wichtigsten Utensilien und verstreuten Kleider beiseite zu räumen und mich vollständig auszuziehen.

Vor dem Einschlafen sehe ich deinen Nacken. Das kurzrasierte, tiefschwarze Haar. Ich schmiege mich an dich, ich atme dich, ich lege den Arm um dich. Du fällst von der Lust in den Schlaf wie ein Kind, ohne ins Badezimmer zu gehen, ohne zu trinken, ohne eine Zigarette und ohne nachträgliches Sinnieren. Das alles ist meine Sache. Ich bin gerührt und von einer Dankbarkeit erfüllt, die an Liebe grenzt, zumindest von vergleichbarer Intensität.

Du bist so jung, freizügig bis zur Absonderlichkeit. Es ist annähernd perfekt, wie sehr du mich beherrschen kannst, während ich mich dir andererseits überlegen fühle. Was du alles tust für mich/uns. All die komplizierten Gesten und Verrichtungen, die Fingerfertigkeit erfordern, was mir aus vergangenen Tagen noch sehr gegenwärtig ist. Nicht allein die Fesselungen, Peitschenhiebe und wohlgezielten Gemeinheiten, auch das präzise und unermüdliche Spielen mit meinem Körper, der sich noch selten so verehrt und im Mittelpunkt allen Geschehens gefühlt hat. Für all das bin ich mit einem Mal und immer wieder so dankbar, daß ich nicht weiß, was ich dir noch geben könnte, mehr!, mehr, als meinen Schweiß, mehr, als Lust, mehr, als Macht und meine Schmerzen. Mehr eben, dieses dunkle, lockende, unstillbare Mehr.

Nun blühen deine Rosen auf meinem Tisch. Samtig, sehnsüchtig geöffnet. Zartes, durchscheinendes Fleisch der Blüten. Geöffnet, so weit, wie ich jetzt für dich geöffnet wäre, wenn du da wärst. Körperlich schmerzende Abwesenheit. Hat je Jemand treffend über diese spezielle Sehnsucht des Körpers referiert? Ich hielt mich bislang immer an geistigere Stränge, doch das ist gestrig. Über die Haut habe ich dich kennengelernt, meine Poren kommunizieren auf ganz eigene Art mit den deinen, auf so subtile Art, daß selbst mein „sophisticated brain“ die Botschaften nicht entschlüsseln kann. Kaum trittst du aus der Tür, vermiß ich dich.

Es kommt vor, daß ich heiße Wangen bekomme, wenn ich nur mit dir telefoniere, und das Genialste ist, daß es dir ähnlich geht, daß du im gleichen Sog ruderst. Ich sage dir schlüpfrige Dinge, und du jammerst, sagst, daß das am Telefon unfair sei, und drohst mir Strafe an. Die Tage bis zum nächsten Treffen werden zur öden Qual.

Und das nächste Mal kommt. Der Wahn hat ein Ende. Unfaßbar, wieviel mehr dieses nächste, immer wieder nächste, vielleicht auch letzte Treffen für mich ist, als pures sexuelles Beisammensein oder die letzte kleine Perversion gelangweilter Skeptiker.

Eine verschobene oder nicht einhaltbare Verabredung bringt mir den Himmel ins Wanken. Du sagst mir, daß es dir so leid tut, aber es geht einfach nicht, Termine, ein kurzfristig angereister Freund, und natürlich hab ich Verständnis, du bist so hilflos manchmal oder rücksichtslos, und ich so Freigeist, klug und stark. Während ich den Telefonhörer noch halte, laufen mir die Tränen übers Gesicht, unaufhaltsam, idiotisch, demütigend. Mein Ego hängt am seidenen Faden oder es bläht sich größenwahnsinnig auf oder beides, doch im Moment nur Zorn und Trauer entgegen jeglichem gesunden Menschenverstand. Haß auf dich, der du mich leiden läßt auf diese trostlose Art. Das Bedürfnis, Fensterscheiben zu zertrümmern, dir ins Gesicht zu treten, meinen Stolz zusammenzuraffen, meinen Abend anderweitig zu gestalten, wie ich es immer getan habe, doch da sitze ich und heule. Die Scham ist grenzenlos wie der Zorn. Ich lege auf. Nicht ohne unsinnige Vorwürfe und Jammerei. Ich presse meine Fäuste gegen die Schläfen, ich versuche zu denken, doch mein Herz rast gegen die Rippen wie ein eingesperrtes Vieh. Alles ist aus, schreit es, keine Euphorie heute, kein Vergessen, zähes Warten auf Morgen oder Übermorgen, doch das ist so fern und nichtig wie die Ewigkeit. Jede Stunde beleidigt mein Sein, ich bin eine Schindmähre in irgendeinem unsinnigen Gespann, die sich zur Arbeit schleppt, den Körper ertüchtigt und pflegt, um ihn noch besser zerstören zu können. Als die Tränen nicht helfen, greife ich zum altbewährten Hausmittel, oh, Ehre der Klinge! Heute schmücken blutige Schwingen meine Brust und Äthanol brennt süß auf den klaffenden Schnitten. Ich schreie, und niemand kommt, ich schreie, doch niemand kommt. Nichts passiert. Die Welt ist fest und die Nacht schwarz und leer. Das Herz nicht mehr, als ein toter Stein und die Sinne gelangweilt. Warten.

Auf's Fallbeil.

Und das Warten lohnt sich wie stets. Diesmal ist es Champagner, der das Blut zum Rauschen bringt, du bist aufmerksam, in der Tat. Man plaudert und ißt ein wenig kaltes Huhn. Vergessen ist aller Haß, alle Ödnis. Später sehe ich mich auf den kalten Fußboden geworfen, wo Staubkörner meine Haut schürfen. Dein Stiefel in meinem Genick. Das Geschlecht heiß und geschwollen vor Verlangen.

Ich umarme deine Stiefel, welch Ersatz für einen Gott!, deine Höllenstiefel treten mir den Himmel frei. Frei von Persönlichkeit und ihren Anhängseln. Und du wirst zur ausführenden Macht, der man sich rückhaltlos hingeben kann, du selbst auch nur ein Diener des Rituals. Deine Stiefel treten mir in den Bauch. Die Muskeln spannen sich wie Violinsaiten. Dein Speichel tropft auf mich. Ich sehe, wie die Kerzenflamme sich nähert, ich schreie, du lachst. Uralte Szenen und Bilder tauchen hinter halbgeschlossenen Lidern hervor. Folterkammern, mittelalterliche Prozesse, archaische Grausamkeiten. Das heiße Wachs tropft mir über die Brust. Befreiung. Euphorie. Du nimmst mich herrisch und vernichtend, und wahrscheinlich merkst du nicht einmal, daß du nichts nimmst, als fleischgewordene Freiheit, ein zuckendes Bündel Ekstase. Ein Diener des Rituals ebenso wie ich. Ohne Gesicht, ohne Identität. Für Sekunden, die andauern, die in mir andauern werden, auch wenn dies hier vorüber ist. Sekunden, die süchtig machen, krank und wahnsinnig, und die, ich gesteh's, zur Zeit fast das Einzige sind, wofür ich lebe.

Dann waren wir gemeinsam auf Reisen. Hin zu den Küsten der grünen Insel. Dort war ich für eine ganze Woche nur dein Tier. Ohne meine so teure Privatsphäre, meine Trutzburg und Symbole. Welche Erfahrung, vogelfrei zu sein, ausgesetzt und schutzlos, Sklave des eigenen Hungers und nicht zuletzt deiner zu sein. So konntest du mich zu jeder Stunde des Tages und der Nacht haben. Vor dem Einschlafen, nach dem Aufwachen, während eines Spaziergangs. Dazwischen waren wir Kameraden, zwei reisende Freunde, redlich umeinander bemüht, die ein verwirrendes Drittes mit sich führten.

Ich wehre mich nie. Meine Gegenwehr gerinnt zur Koketterie. Mal bin ich teilnahmslos, mal ergeben, gierig oder unterwürfig, doch immer bereit, meinen Dämon zu füttern, der sich schrecklich gefräßig zeigt.

Riten der Selbstzerstörung.

Das ist es, was ich langsam erahne. Als gebrauche ich dich zum Instrument meiner Selbstzerstörung, nicht als Gegenüber. Ein beunruhigender Gedanke, welch abgrundtiefer Egoismus, dich zu meinem Henker machen zu wollen, doch war das nicht von Anfang an mein fester Wunsch? Allein, du bist nur ein Mensch, nur ein Mensch!, und das erschreckt mich bisweilen, auch wenn du manchmal von einer bewunderns- werten Brutalität und Gemeinheit sein kannst, die mich berauscht. Ich frage mich, ob deine geile Raserei dich in eben- solche Höhen und Abgründe führt wie mich. Es wäre dir zu wünschen.

Nach ein paar Tagen bin ich müde, ausgebrannt, spüre zum ersten Mal meine Grenzen stärker, die körperlichen Ein- schränkungen, welche sehr lästig sind, doch diese zu über- schreiten gilt es schließlich.

Inmitten der großartigen Landschaft, den Ozean als ständi- gen Begleiter, unter einem tiefhängenden dramatischen Him- mel, wachsen Stärke und Willenskraft.

So oft habe ich dich getrunken, so oft hat dein Saft meinen Körper geziert, so viele Hotelzimmer waren Zeuge vermeintli- cher Hinrichtung. Die vorsorglich mitgeführten Fetische im hintersten Winkel meines Koffers wurden nie ans Licht geholt, für diese Tage genügte die innere Übereinkunft, das durch die Nähe der Tage gewachsene Bewußtsein des eigenen Parts.

Am Ende des letzten Abends, im Zwielicht einer Zimmer- lampe, spüre ich deine Hand in meinen Körper dringen, deine Hand, die mich zuvor geschlagen hat. Ich will deine ganze Faust und hasse dich sekundenlang ob deiner Verzagtheit, obwohl ich oft so dankbar bin für jedwede Fürsorge, das Strei- cheln danach, deine menschliche Freundschaft, die mich ver- wirrt.

Deine Hand tastet sich sehr langsam vor, erst zwei Finger, dann drei, dann alle, allein die Knöchel fehlen noch. Ich mache mich so weit als möglich, es ist mir, als könne ich das Universum eindringen lassen. Dann diese Gier nach Blut, nach Schwärze und nach Vergessen.

Ich möchte Jemanden finden, der weiß, wie man ein Spiel zu Ende spielt. Jemand, der weiß, wie man ein Spiel in die Länge zieht, der diesen Hunger nach mehr kennt wie ich selbst, und ich frage mich, ob ich dich damit nicht überfordere. Mit zarter Gerührtheit auf's Menschsein zurückgeworfen, betrachte ich meine anmaßenden Wünsche bisweilen mit Schaudern.

Was ich will, ist nicht diese Liebe, ist nicht Rücksichtnahme und Zaudern, nicht die kleinen Küsse während der Qual, die mein Empfinden schmälern. Was ich will, ist eine wirkliche Bestie, der ich mich rückhaltlos anvertrauen kann. Nur, wann wird die Bestie müde?

The black hair that turned you on, will turn you off...

Das ist es, was ich oft vor mich hin sage, betrachte ich dein schwarzes Haar. An diesem Punkt meines zweifellos aufreibenden Lebens angekommen, etwas müde schon, etwas mitgenommen, wäre deine Besetzung, zumindest in den dunklen Stunden, die beste, die ich mir wünschen könnte. Doch wenn die Dunkelheiten bisweilen sogar mich ein wenig ängstigen, wieviel mehr dann dich?

Ich würde gerne nach einer endgültigen Liebesnacht, an einem düsteren Vormittag auf offener Straße im Regen erschossen werden, daß das Blut purpurn mein weißes Hemd tränkt und der Regen sich in meinen offenen Augen sammelt.

Momente, wo das Herz sich mit jeder Faser danach sehnt, herausgerissen zu werden, wo die Seele der Zufriedenheit überdrüssig ist, der Körper nach Veränderung verlangt, um jeden Preis, selbst den von Verlust, selbst den von Tod.

(Proust)

Küsse & Schläge. Bei der Lektüre dieses nicht unklugen Buches, muß ich dennoch leise grinsen. Wie kleine, eher banale „Entgleisungen“ und zaghafte Schritte ins perverse Wunderland überdramatisiert und in all ihren grausigen Konsequenzen ausgeschmückt werden, daß unsereins, wenn man so sagen kann, sich darüber amüsieren muß. So amüsiere ich mich, Ach, ihr Kinderhirne! (wie Baudelaire zu sagen pflegte), und stelle arrogante Vergleiche an. Und doch stellt sich eine gewisse, wenn auch mit Genugtuung verbundene Beunruhigung ein bei der Vorstellung, was wohl in meiner Psyche sich abspielen mag, wenn andere, wie man in den wenigen Büchern lesen darf, schon bei kleineren Abstiegen den Boden unter den Füßen verlieren, Gemüter ruiniert und Existenzen vernichtet werden.

Im Grunde hasse ich den Begriff Psyche, von der man spricht wie von einem verwunschenen Ort, zu dem das eigene Selbst keinen Zugang hat. Eine Bestie gleich einem Werwolf, die hinter Eisenstäben lauert.

Dabei weiß ich ganz gut, von welcher Art Dämon ich geritten werde, denke ich an meinen Tierdompteur und nächtlichen Reiter. Wenn ich, was ich ja stets vermute, von einer konstanten, schleichenden, nichtsdestotrotz gigantischen Depression oder schlicht, einem ab und an sich bahnbrechenden Lebensüberdruß ergriffen bin, dann bist du nichts anderes als das Gegenmittel. Ein Antidepressiva, mein momentanes Lebenselixier und seltsame Hoffnung. Welch Ehre, spricht die Gräfin, für einen eher einfachen und jungen Menschen, aber wahr ist's dennoch.

Als ich eines Abends in weinseliger Laune mit einer ehemaligen Freundin und Geliebten über dieses mein Mysterium rede, steigere ich mich derart in mein Plädoyer hinein, daß selbst mir noch einige neue Erkenntnisse offenbar werden. Mit der ganzen Wucht eines religiösen Fanatikers beschreibe ich ihr die Magie der Inszenierungen, das Entpersönlichte, diese unheilige Dreieinigkeit, da beide nur Diener einer Zeremonie sind und einem dunklen grausamen Urgott opfern, gleichsam über ihre Existenz als Mensch hinauswachsen und über jegliche Beziehung zwischen den Geschlechtern. Eine Art Gottesdienst, ja, ein sakraler Akt. Ich, ein Meßknäblein im weißen Gewande, blauäugig und nacktärschig, den Blick zum Himmel gewandt. Du, eine Art dreckig grinsender Inquisitor beim peinlichen Verhör. Ich erkläre ihr schwärmerisch und umständlich, daß die ganze Inszenierung und die Fetische dazu dienen, zum wahren Kern des Selbst vorzudringen, all den zivilisierten und intellektuellen Müll loszuwerden, der die Seele umwölkt und erdrückt, um schließlich völlig archaisch und nackt zum Allbewußtsein vorzudringen. Auf dem Wege von erzwungener Geilheit und Schmerzen und Demut. Während ich so rede, meine ich das durchaus ernst, auch wenn mich der christliche Beigeschmack etwas stört. Doch weiß ich nicht, was du dazu sagen würdest, da du mit Astralreisen oder transzendentalem Bewußtsein nicht gerade viel anfangen kannst, wie ich glaube, der eigentliche Beweggrund dürfte jedoch derselbe sein, obschon es mich, solange alles so weitergeht, doch wie lange kann so etwas gutgehen! greint das Orakel, wie lange?, kaum interessiert, ob auch du dein spirituelles Selbst erweitern willst – bei solchen Formulierungen muß ich selber lachen, oh! abgeschmackte, abgegriffene Worte!

Du bist mein Partner, mein Komplice, der einzige, der den Schlüssel zum Verlies hat, der einzige, der mich fängt, wenn das schreiende und enthäutete Tier sich selbst erfährt. Komisches Paradoxon, daß man, um sich abzuhäuten erst fremde Häute überstreifen muß, um die Rolle und das Amt besser auszufüllen.

Doch unvergleichlich der Genuß, als ich mich nackt an deiner duftenden, neuen Montur reibe. Das feucht schmatzende Geräusch des gegerbten lebenden Materials. Dazu dein Geschenk, das stählerne Halseisen, das sich bei Hautberührung schnell erwärmt und das ich mit Stolz trage, als wir des Nachts das rituelle Wandern durch die Etablissements aufnehmen, um die Erregung zu schüren und das Erwachen hinauszuzögern. Das Erwachen, was nichts anderes heißt, als, ich muß mich wieder aus dem Urschlamm erheben, ich muß mich waschen, muß auf meinen eigenen, beiden Beinen stehen, den hehren Schmuck der Fesseln ablegen, muß wieder in meine Haut schlüpfen, mein cleveres, amüsantes Ego als Schutzschild vor mich halten, und wieder beginnen zu wandern, egal wohin, egal zu welchem Zweck, Überlebenszweck, wo ich doch nichts anderes will, als für immer mit dir in die Unterwelt hinabzusteigen.

Was wir treiben ist monströs in den Augen der Welt, wie bombastisch! in den Augen des gesunden Menschenverstandes, zumindest muß ich mir manchmal derartiges einreden, da mir all mein Tun so völlig natürlich und passend erscheint.

Ich hatte bislang wohl kein offeneres Verhältnis, als das unsere. Keine unnötigen Versprechungen, keine Verpflichtungen, keine Liebesschwüre, keine falsche Scham. Jeder weiß, was er will, keiner so recht, wohin es führen mag. Aber das ist auch egal. Man hat sich gefunden, ergänzt sich, und rettet sich immer wieder. Ein harmonisches, kleines Gruselkabinett, abgeschottet und strikt getrennt von der Außenwelt.

Ich schließe meine Augen und drifte hinweg – in die magische Nacht – und bete leise – wie Träumer es tun – dann fall ich in Schlaf – um meinen Traum von dir zu träumen – ein Sandmann in schwarzem Leder, ha! ha! – in Träumen rede ich zu dir – in Träumen gehe ich mit dir – in Träumen dringt der Dolch schon tief in die Eingeweide – in Träumen hört das Herz schon auf zu schlagen – in Träumen stockt der Atem unter dem

Würgegriff – in Träumen blickt das brechende Auge sanft und sagt goodbye – in Träumen, und nur in Träumen, in wundervollen Träumen gibt es die Narben, das Desaster, klaffendes Fleisch und Ströme von Blut – unrettbare Ekstase – only in dreams – in beautiful dreams (Orbison).

Am Telefon, diesem magischen Fallstrick der Neuzeit, sagst du: Na, hast du meine Hosen getragen? Deine neuen, dicken Lederhosen. Und natürlich hab ich, wie sich der Page die Kleidung seiner Herrschaft stibitzt oder ein Kind die Kleidung der Erwachsenen. Natürlich hab ich, doch woher kannst du das wissen? Ein alberner Spruch von wegen, der Teufel sei immer und überall, ist die Antwort. Süße Übereinstimmungen, die mich meiner Angst vor übermäßiger Projektion entheben. Vieles, was unausgesprochen war, geschah und geschieht auf wundersame Weise.

So erscheint es mir immer komischer ungerechtfertigt, daß so oft und gern über die Künstlichkeit und Unnatürlichkeit von Sadomasochismus, wie der korrekte Ausdruck oder das annähernde Umschreiben unserer Passion nun einmal lautet, gesprochen und geschrieben wird.

Wo sonst kann ich mich so entblößt, so jämmerlich zeigen, so ausgeliefert und auf schrecklich natürliche Weise menschlich, und dennoch angenommen, ja sogar begehrt werden. Wo sonst gelingt es, in eine Kreatürlichkeit zu fallen, wo auf ganz natürliche! Weise Leben und Tod sich treffen.

Und wer, außer einem „Metzger“ wie dir wäre imstande, dieses mein natürlichstes Selbst zu ertragen.

Das Blau des Himmels.

Und immer wieder die unvergleichliche Helligkeit des Morgens danach, da ich mit einem Becher Kaffee ans Fenster trete. Mal mit wunden Handgelenken, Schürfungen oder blauen Flecken, öfter noch mit einem Brennen von Wundsein zwischen den Beinen. Und immer wieder dieses schwerelose Nichtverstehen, dieses Schweben im Augenblick. Keine Ahnung, wohin das Schiff noch treiben wird, fährt es doch schon geraume Zeit gegen wütenden Sturm. Mein Schiff zumindest, über deines weiß ich immer noch nicht Bescheid, durchschneidet Wellentäler wie Butter, auch wenn es so manches Riff schon geschrammt.

Wie in jener Nacht, als, nach jähem Sturz in alte, sehr alte Dunkelheiten, das Tierchen sich klagend in Scherben auf dem Küchenfußboden wand, ohne so recht zu wissen nach was es verlangte. Vielleicht war die Dosis nicht hoch genug gewesen, obwohl ich dich unzureichender Arbeit bislang wirklich nicht bezichtigen konnte, und du, der du schon im Halbschlaf lagst, ahntest nichts. Die Grenze war nicht überschritten worden, das Mehr! bleckte sein scheußliches Gebiß. Und du wußtest es nicht.

Ich ließ alte Gläser auf dem Boden zerschellen, heulte und fluchte wie ein Kind, das um Aufmerksamkeit bettelt, ich wälzte mich nackt in den Scherben und spürte befriedigt, wie einige schmale Splitter durch die Haut drangen. Lautes Schreien, niemand kommt, die Splitter schmerzen elend, niemand kommt. Meine Götter sind irgendwo, niemand kommt. Dann endlich geht das Licht an, das Tierchen krümmt sich und Unverständnis zeichnet dein Gesicht. Mein Haß kennt keine Grenzen. Keine Trostworte jetzt, bitte, kein Beruhige dich!, wie ich diese Floskel hasse, kein Komm doch ins Bett!. Eine Tracht Prügel wäre es, die mich retten könnte. Brutalität reinsten Wassers, um den anderen Schmerz zumindest zu übertünchen. Die Art von Trost, die vielleicht vonnöten wäre, scheint mir übermenschlich und ich kenne sie nicht.

So folge ich widerstrebend ins Bett, dieses ewige Floß der Medusa, immer noch schluchzend und fiebernd, kann keine Ruhe geben, bis endlich auch in dir der Funke faßt. Ich weiß nicht, was los ist, flüstere ich. Aber ich weiß, warum mein Schwanz hart ist, sagst du. Grandiose Logik. Ich lasse mich zerfleischen, und die Erlösung kommt in langsamen Wellen. Leck den Boden, fährst du mich an, während du zuschlägst, leck den Boden, und ich tu, wie mir geheißen. Wir preschen voran durch die Schallmauer des Erträglichen. Ein Fetzen Kindheit wabert durch die Dunkelheit und verschwindet. Dann befriedigte Erschöpfung, Schlaf, Vergessen, in deinem Arm. Forgive, forget. Ein neuer Morgen sieht mich an Leib und Seele gesund. Etwas nachdenklich nur.

Dann die Nacht, als ich zum ersten Mal wirklich dein Pferdchen wurde. Die Vorstellung des eingeschirrten Pferdekopfes, der schmerzvoll aufgerissenen, melancholischen Augen, geisterte schon lange durch mein Hirn, das an manchen Tagen ununterbrochen Bilder produziert. So auch das des demütigen, würdigen, dabei sanften Rosses, das den Hals senkt unter klirrendem Geschirr, das sachte mit dem Huf auftritt und wartet. Dazu der Geruch von Sattelleder.

Ich spürte samtenes Fell über meine Haut wachsen, schüttelte meine rote Mähne in Erwartung der Dinge, die da kommen würden, als wir im Zwielicht dieser unpassenden Lokalität uns gegenüberstanden. Zwischen verschwitzten, in Leder gepackten Schwulen. Die Trense, das silberne Mundstück funkelte auf meinem ledernen Shirt. Verloren und fremd in diesem Meer von Männern, tanze ich mir das wehmütige Verlangen nach irgendeiner Art von Zugehörigkeit aus den Knochen, bis mir die Zweite Haut am Körper klebt. Dazu der dumpfe Rhythmus der Musik, ungeduldig scharrte der Huf und das Mundstück klirrte im Takt.

Diese Nacht war ein einziger scharfer Ritt mit schwitzenden Flanken. Meinen Reiter im Rücken preschte ich voran, während das kalte Metall in meine Mundwinkel riß. Fest hieltest du die Zügel und artig senkte ich den Kopf, wie es dressierte Pferde tun. Du variiertest das Tempo, und ich spürte jeden Befehl durch den sanften oder harten Ruck des Zügels. Es schmerzte mehr, als ich gedacht hatte, und der Speichel lief mir aus dem Maul, dem schnaubenden. Dann war es zuende, wir trabten heimwärts. Erschöpft, mit dem Geschmack von Metall und Blut im Mund. Meine blutig gebissenen Lippen, mein wundgerittenes Maul.

Am Morgen betrachten wir auf dem Laken die roten Spuren dieses Galloppes, und wie stets, wenn ich dieses Symbol von Leben und Tod und der Verschmelzung der beiden betrachte, durchzuckt mich eine wilde Freude.

That perfect moments, that crawled from heaven to hell and back again –

Eingeätzt ins Bewußtsein, ewig sentimentales Bild, als ich mich zu den Klängen von Blue Velvet an dein Leder schmiegte, und du, den Schatten der Kappe über den Augen, für einige Momente zu dem Herrn wurdest, den ich gesucht hatte. Der Schock, da Traum und Realität sich decken. Nichtwiedergutzumachende Wunden.

An den Morgen danach bin ich oft unsichtbar gekrönt. Unbesiegbar. In einem Kettenhemd wandle ich. Kühle Morgenluft rauscht durch die Lungen, die sehnsüchtig nachvibrieren und doch bereit sind, einem neuen Tag die Stirn zu bieten. Ich erledige die alltäglichen Arbeiten mit Elan, wate durch den Schlick des Häßlichen und Banalen, doch er perlt von mir ab, und der Alltag wird zur Farce, die nicht mehr sonderlich schmerzt. Mein Leben läuft auf parallelen Bahnen, auf verschiedenen Ebenen, zu verschiedenen Zeiten. Ich muß an diese Science-Fiction Romane denken, wo von Zeitmaschinen und Parallelwelten die Rede ist. Ich fange an, daran zu glauben. Oft werde ich während meiner unsinnigen Schreibtischarbeit von Lachkrämpfen geschüttelt, bis mein Kopf auf die Platte sinkt und meine Mitmenschen mich mit Erstaunen betrachten. Ich lache, bis mir die Augen feucht werden, hole tief Luft und gerate ins Träumen. Mein Herz füllt sich, meine Poren, mein ... und schon,die Parallelwelt! Der Rest des Tages fliegt an mir vorbei.Es ist nicht perfekt und es ist nicht sichtbar, und ich bin nicht der perfekte Jekyll & Hyde. Vieles stößt sich an den Dinglichkeiten, den Schwächen des Körpers und des Geistes. Wir waten tapfer durch ein Meer aus Unzulänglichkeiten, doch wie ein Dunst hängt über allem der Schatten des „unsichtbaren Dritten“, das ich selbst besten Freunden, und gibt es eine grausamere Erfindung als beste Freunde?, nicht mehr erklären kann. Sie betrachten mich neuerdings mit Befremden. Abgründe tun sich auf zwischen den Sätzen, und es schmerzt, doch scheint es unausweichlich, denn zumindest innerlich habe ich die mir vertraute Welt, die Welt der Freunde, der früheren Meinungen und Interessen ein stückweit verlassen. Ich betrete Neuland, zögernd, als ginge ich über Moor, manchmal auch mit der reinsten Wut des Kamikaze. Man wirft mir Übertreibung vor, Fanatismus, was mich amüsiert. Kann es Übertreibung geben, was Lust und Befreiung oder, so altmodisch es klingen mag, Glück betrifft? Ich komme mir näher, kann ich nur sagen, endlich. Jahrelange Tagträume bekommen Fleisch auf die müden Knochen.

Ich hätte mich verändert, sagt man mir, das sei eine durchschaubare Maskerade, spotten sie und deuten auf meine geliebten Fetische und Kostüme, die für mich niemals Verkleidung sind, sondern ein mir adäquates Gewand, meine zweite Haut. Früher hätte ich nicht so gesprochen, nicht so extrem, sagen meine Freunde, und recht haben sie. Früher war ich ein

Hündchen ohne Herr, ein Roß ohne Reiter, ein Knecht ohne Anstellung. Was hat es genützt, daß ich nachts manchmal meine „Spielsachen“ mit ins Bett nahm, mir selbst die Beine fesselte oder mich auf umständliche Weise schlug? Ich hatte ein Halsband, aber niemanden, der es mir umlegte und mich daran führte, doch ich trug es inwendig und unter meiner Kleidung, den dunklen Hemden und Hosen, trage ich es immer.

Sie wissen nicht, meine Freunde, daß ich des Nachts ein Engel in Eisen war, daß du mich mit Ketten zusammengeschmiedet hast. In jede von dir gewünschte Form. Wie stolz ich war, dagegen anzuzerren, um mich schließlich besiegen zu lassen, wobei die Ketten im Takt der Lust vibrierten. Sie wissen anscheinend nicht wie es ist, danach aus dem Fenster zu sehen, eine Zigarette zwischen den Lippen und Alles zu sehen wie zum ersten Mal. Als wäre die Welt noch neu und wund und keine alte, traurig kreisende Sache, während deine Hand, nun wieder die des Freundes, auf meiner Schulter liegt. Künstlicher Heroismus, sagen sie. Gut, aber mit Mitteln herbeigeführt, die nicht künstlicher sind, als all das andere zwischenmenschliche Geplänkel, die Komplimente, die Lügen, die Küsse, die Heucheleien. Wenn es mir gelingt, mit ein paar Kostümen aus Leder, einer Peitsche, einem Messer und einem entsprechenden Gegenpol diesen tiefempfundenen Heroismus zu gebären, was mehr könnte ich mir wünschen in dieser an Ekstase armen und unheroischen Zeit.

Meine jahrelange Leidensmiene, psychomasochistische Wortgefechte und hysterisch zerschlagenes Geschirr wurden noch hingenommen. Meine Fetische dagegen sind ein Faux pas. Oh, fremde, seltsame Welt! Ich nehme mir vor, mir weitschweifige, missionarische Erklärungen zukünftig zu sparen, spielt sich doch ohnehin alles jenseits von Worten ab.

Meine Fremdheit allem und jedem gegenüber, die sich vertieft und hie und da Wunden schlägt, nehme ich in Kauf. Das Weltgeschehen, politisch und kulturell, ist nur mehr ein voyeuristischer Zeitvertreib. Ich bin weniger Kind meiner Zeit, als je zuvor und ich wandere in zwei Welten. Noch.

Nachts schlägt man mich zum Ritter und ich habe in dir einen Waffenbruder.

Wenn auch nicht in der hiesigen Welt.

– and the dreams in which I'm dying are the best I ever had –

Doch schließlich wurde mir das Joch zu schwer. Die Kandare riß mir die Mundwinkel blutig. Mein armes Herz trabte und trabte immerzu im Kreis, immerzu im Kreis. Mit Schaum vor dem Maul und zitternden Flanken. Die Augen tief in den Höhlen und dunkle Ringe darunter. Recht malerisch morbid, aber das Händezittern und der allgegenwärtige Druck um die Schläfen, der sich keine Luft mehr zu machen vermochte, außer im Zusammensein mit dir, wurden mir zum ersten Mal zuviel. Darüberhinaus sehe ich aus wie jemand, den man vor der Zeit vom Galgen geschnitten hat. Ein feines, dunkelrotes Wundmal ringelt sich um meinen Hals. So entlarvend, daß ich gezwungen bin bei hellstem Sonnenschein einen Rollkragenpullover zu tragen, und das sicher für einige Tage.

Nun sitze ich zu früher Stunde als einsam Wartende im weißgetünchten Vorzimmer des Arztes und denke über Es nach, unser Zusammensein, das mich plötzlich so kränklich werden läßt. Unser Zusammensein, das mittlerweile nicht mehr nur einen Abend, eine Nacht, einen Morgen, sondern ganze, ununterbrochene, schweißtreibende Wochenenden beansprucht, darüber hinaus sämtliche sonstigen freien Tage. Die Liaison dangereuse weitet sich in ein intensives „Verhältnis" aus, und das beunruhigt mich bisweilen.

Die Sonntage. Tage des Herrn ... Das süße Erwachen in deinem Arm, meine Hand auf deinem schlafenden Leib, die Beine ineinander verschränkt, dein Mund in meinem Nacken, mein Gesicht an deiner Brust, an deiner Lende oder sonst eine Art der Berührung, ohne die ich mir ein Schlafen und Erwachen mit dir nicht vorstellen kann. Das langsame Heraufdämmern der Gegenwart, wie ein Schiff, das sanft in den Hafen einläuft. Kühl ist es im Raum, reine, gläserne Luft oder warmes Sonnenlicht dringt malerisch durch die Ritzen der Jalousien, und verwandelt das Stilleben von Körper und weißen Laken in ein Bild der Renaissance.

In diesen zerbrechlichen Augenblicken würde ich gerne verharren, selbst der Dämon schweigt.

Dann finden sich die Hände, fast noch im Schlaf, dann finden sich die Körper zu einem Erstenmal am Morgen, das fast schon ein Ritus ist. Noch ehe das erste Wort gefallen ist, ergreift einen das Fieber wieder, dem man entschlafen ist.

Schon klebt das Haar wieder feucht an den Schläfen und die Erquickung durch den Schlaf weicht erneuter Mattigkeit. Danach die banalen Kleinigkeiten des Menschseins, die mir meine Vision vom heroischen Sein oftmals vergällen, denen ich aber in diesen Tagen mit einem gütigen Lächeln gegenübertreten kann. Zähneputzen, flüchtiges Waschen, Frühstück, unschlüssige Pläne. Spielereien bei Tisch. Eine Berührung, eine Idee, ein Blick, und wieder verfängt man sich in den Schlingen der Begierde und gibt sich ihr gerne hin.

So vergeht der Vormittag, fast jeder Vormittag den ich bislang mit dir verbracht habe. Kurz vor zwölf meistens, sinnbildlich gesprochen, gelingt es mir gerade noch zu einem meiner aufreibenden, aber nötigen, Wochenendjobs zu eilen, wo ich erst in allerletzter Minute, öfter auch zu spät eintreffe und dümmliche Ausreden von Fahrradpannen und Verschlafen stammle. Meist ist es dann schon hoher Nachmittag. Mein Haar ist derangiert und unschicklich verschwitzt, das Gesicht gerötet oder kalkweiß, je nach Tagesform, wund der Mund, die Kleidung nachlässig. Und meine Mitkolleginnen, wenn sie wüßten, was unter meinen Kleidern noch an meinem Körper haftet und duftet.

Der Tag vergeht dann wie im Schlafwandel, und eine leichte Sehnsucht, die sich gegen Abend hin zu steigern pflegt, rauscht mir durchs Gebein. Sehnsucht, die sich prompt einstellt, kurz nachdem ich mich von dir verabschiedet habe, egal, ob ich dich kurz zuvor noch verflucht habe oder ob der wiedergewonnenen Einsamkeit aufgeatmet. Sehnsucht, die mich am Abend bleischwer und versöhnt ins Bett fallen läßt. In meinem Zimmer, das aussieht wie ein überstürzt verlassenes Bordell, und wo ich, wäre ich ein findiger Detektiv, nichts berühren würde bis zum nächsten oder übernächsten Tag.

Der Ort der Tat. Kann es bessere Souvenirs geben, eine bessere Kulisse meines Seinszustandes, als diese. Verknotete Seile in allen Variationen, die noch die Art ihrer Verwendung enthüllen, eine Eisenkette unterm Kopfkissen, deine Stiefel vor dem Bett, meine schwarze Spitzenwäsche über einem Stuhl und meine Trense an der noch mein Speichel klebt auf dem Teppich. Und deine langstieligen Rosen, die vor dem Bett welken. So läßt es sich schlafen, sweet dreams, sagt deine

Stimme am Telefon, und die werde ich wohl haben. Bevor ich sinke, betrachte ich selig das Eisengestänge des Gerüsts vor meinem Fenster, hinter dem die Sterne glitzern, und wie von selbst findet die Hand ihren Weg zwischen meine Beine.

Und doch sollte das Joch zu schwer geworden sein? Mein verständiger Arzt, der all die auffallenden Male und Blessuren immer mit sehr viel Toleranz und Einfühlungsvermögen betrachtet hat, diagnostiziert psychische Erschöpfung. Treffender kann man es nicht sagen. So ziehe ich mich eine Woche lang in meine Trutzburg zurück, will mich sammeln und Einkehr halten. Abstand gewinnen. All diese Platitüden. Gekleidet in ein Barockgewand sitze ich tagsüber im abgedunkelten Zimmer, höre tragische Opernarien und lese Poeme der Schwarzromantiker. Dann sehe ich mir Videos an. Begierde oder Near Dark, Vampirfilme. Wallende, schwarze Gewänder hinter Gitterwerk, weiße Kehlen über die in zarten Bächen das Blut rieselt. Keuchender Atem zwischen angespitzten Zähnen, und immer wieder Gevatter Tod, als bleicher Sensenmann, grausamer Graf oder wollüstige Blondine. Dazu nippe ich melancholisch an einem Sektglas oder blättere Erotikmagazine durch. Und das nennt sich dann Einkehr halten!

Als hättest du meinen inneren Zwiespalt geahnt, rufst du kurz darauf an, und wir verabreden uns für den Abend.

Zu den Sonntagen bleibt noch zu sagen,daß du nie gehst, ohne mir etwas zu hinterlassen. Waren es früher zufällig, oder nicht, liegengebliebene Kleidungsstücke, sind es jetzt oft ein paar Zeilen, kleine Briefe, eine Photographie oder ein malerisches Arrangement von Gegenständen. Meinen Kleidungsstücken, einer Zigarette, einem Messer und einer Rose, die du gekreuzt auf meinem schwarzen Laken plazierst. Du bist kein Intellektueller, darum setzt du dich über die Hemmnisse der Sprache in einer Art hinweg, die mich die ersten Male sprachlos, mich!, machte. Starke Worte benutzt du, mutige, an denen ich eher ersticken, als sie niederschreiben würde, geschweige denn aussprechen. Knappe, starke Worte, die mich manchmal grinsen, manchmal zittern ließen, mich jedoch immer mit Freude erfüllt haben, habe ich doch den größten Teil meines Lebens mit passionierten Pessimisten und gewohnheitsmäßigen Zynikern verbracht, die alles und jedes negieren und verspotten, einschließlich sich selbst. Und ich, mittendrin und wortreich, der größte Nihilist von allen. Ein Ausbund an Ironie, ein Skalpell an Verstand und Kalkül. Ich war ein müder, altkluger Geist vor einer ratternden Schreibmaschine, trüben Auges, und immer einen rabenschwarzen Spruch auf den Lippen. Ein Beobachter, so bezeichnete ich mich gern, Voyeur des Zeitgeschehens und der Menschen, unanfechtbar dandyhaft resigniert. Literat eben.

Nun verstaubt meine Schreibmaschine und ich sehe es mit Wohlwollen. Das Blut des Poeten wird nun auf anderen Altären vergossen.

Meine ersehnten Abenteuer von Liebe, Tod und Teufel, auf dünnem, weißen Schreibmaschinenpapier hab ich sie erlebt. Auf der Tastatur getobt und geschwitzt. Ein einsames Weinglas zur Rechten, um nach durchgrübelter, durchschriebener Nacht mit wehem Gemüte den Morgen grauen zu sehen. Ganz Künstler und ewig unverstanden.

Nun bringe ich meine Nächte mit anderen Dingen zu, sehe das Morgengrauen oft mit wehen Gliedern und nassen Augen, aber mit federleichtem Gemüt, das sich gänzlich im Augenblick verliert. Fast frei von Wehmut und voller Leben.

Die Zeit rast dahin und rast dahin, ohne mir Angst zu machen, ob ihrer Fliehkraft. Egal, ob ich sie produktiv und sinnvoll nutze, egal, ob sie mir durch die Finger rinnt, sie spielt keine große Rolle mehr. Lediglich meine Arbeitszeiten, die mich vom Eigentlichen entfernen, die ich jedoch als Regenerationspausen zu nutzen verstehe, stören bisweilen mein inneres Gleichgewicht. Die Zukunft beunruhigt mich nicht mehr, und die Vergangenheit ringt mir keine Bitternis mehr ab. Alles hält sich gerade die Waage, in einem sehr fragilen Gleichgewicht.

Andere sähen mich gerne vor meinem Schreibtisch verschimmeln, so scheint es. In Würde und Weisheit altern heißt das dann. Was tust du –

Du schleppst mich an den Nackenhaaren ins Badezimmer, auf allen Vieren versteht sich, zwei, drei kräftige Ohrfeigen als Ouvertüre. Man hatte sich über mich geärgert bei Tisch, wo ich wie immer und oft und ad infinitum ein recht loses und kompromittierendes Maul geführt hatte. Ich kann mir meine kleinen Sticheleien einfach nicht verkneifen. Du machst dir den Gürtel auf, öffnest deine Hose. Ich mag das Klirren der Koppelschnalle. Im Dunkeln, ein wenig stolpernd, registriere ich mit Erstaunen, daß du mich in die Duschkabine schiebst. Ich weiß, was kommen wird, und was ich oft ersehnt habe, doch nun sträube ich mich, aus was für Beweggründen auch immer. Doch schon kommt es über mich. Dein heißer Strahl, etwas bitter im Mund, brennend in den Augen, aber heiß und betörend am Körper entlang. Über die Brüste und über den Pelz. Ich schmelze dahin, fange die letzten Tropfen mit der Zungenspitze ein, bewundere noch die reichliche Menge des heißen Segens, um mich dann übergangslos an die Liebkosung deines Geschlechtes zu machen, das mir wie stets entgegenkommt, was ich immer wieder als ein schönes Wunder der Natur betrachte, und mich vor Erregung stöhnen läßt, was eine Flut von Verspottung nach sich zieht, die mich noch mehr Stöhnen läßt, und so weiter. Mein unermüdlich arbeitendes Gehirn registriert noch amüsiert die passende Wortverbindung der Bezeichnung Golden Shower und meinem Aufenthalt in der Duschkabine, dann geht es mit nassen Fußsohlen zurück ins Zimmer, wo ich, das Opfer, sich in seiner endgültigen Schande suhlen darf und letztlich dem Genuß anheimfällt, ob es will oder nicht.

Hello darkness, my old friend, denke ich noch, ehe du mir eine Plastiktüte über den Kopf ziehst und sie mit einer Kordel zubindest, I've come to talk to you again. Und tatsächlich habe ich, seit ich dich kenne, wieder ausgesprochen engen Kontakt zu dieser anderen Welt, die ich schlicht Dunkelheit nennen will.

Schwer atme ich gegen das Plastik, das feucht und heiß wird wie eine künstliche Haut und sich dicht über meinen Mund legt, wenn ich einatme. Ob diese Tüte wohl einen geschmacklosen oder lächerlichen Aufdruck haben mag, frage ich mich noch und grinse heimlich in meiner Tüte. Von Ferne höre ich dein unterdrücktes Keuchen. Die Luft wird schon knapp, es ist ein wunderbares Gefühl. Ich spüre deine Hände an meinem Hals und presse meinen Bauch gegen deinen. Deine Hände vermitteln Aufmerksamkeit und eine leichte Besorgnis. Immer noch wartest du auf mein Wehren, das sich wohl nie einstellen wird, gar zu verlockend ist dieses sanft pochende Davondriften, dieses Dunklerwerden, dieser Druck im Kopf. Es ist deine Sache, das Plastik im letzten Moment zu entfernen, fast vorwurfsvoll, aber sei beruhigt, ich hätte noch einige Zeit ausgehalten und ich hätte es in jedem Falle genossen. Ich nehme an, du weißt das, und ich nehme an, es macht dir Angst.

Angst vor dir selbst, Angst vor dieser Gier und Angst davor, eines schönen! Tages vor meinem Kadaver zu sitzen. Allein, und das Vergangene betrauernd.

Im stillen schimpfe ich mich Egoist und bin für den Rest der Nacht bemüht, ganz und gar dein Körper, dein Geschöpf zu sein, so gut ich es vermag und zu unserer beider Genuß.

Angst machen mir andere Dinge. Nicht das Würgen, das mir entzückende kleine Sterne vor die Augen jagt, nicht das Messer, das du mir die Kehle entlang führst und an den Brüsten entlang zwischen meine Beine, nicht die Stricke, die sich eng um meine Kehle schließen oder dein geflüstertes, Ich weiß genau, daß ich dich eines Tages umbringen werde, was mich sogar eher bezaubert. Nein, Angst macht mir, daß sich unser Verhältnis, unser Pakt oder wie auch immer, mehr und mehr freundschaftlich und vertraut gestaltet, was einerseits sehr schön und unerwartet ist, so reisen wir viel zusammen, treffen uns mit gemeinsamen Freunden, gehen gerne aus und helfen uns bei kleineren Problemen des Alltags, andererseits –

Was ich nie oder nicht mehr wollte, war dieses zerbrechliche menschliche Miteinander, zarte Gefühle, die Rücksichtnahme erfordern oder sentimentale Vertrautheiten, die sich schnell abnutzen. Doch ist die Anonymität erst einmal angeknackst, läßt sie sich schwerlich wieder herstellen. Du bist kein dunkler Fremder mehr, kein kühler Vollstrecker, kein Metzger, du bist ein Freund geworden, wenn auch noch ein gehöriges Maß an Fremdheit mitschwingt, du bist ein Freund, daran ist nicht zu rütteln.

Ein Freund, dem ich oft wegen seines infantilen Optimismus grolle, wohingegen ich das Damoklesschwert schon über unseren Häuptern schaukeln spüre. Oft genug habe ich versucht, dir das Bild von der teuflischen Parabel vor Augen zu halten. Eine Kurve, die jäh ansteigt, immer höher strebend, stetig und verbissen, ansteigt und ansteigt, doch niemand hat je eine Parabel ewig steigen sehen, um schließlich eine Klimax zu erfahren und abzufallen, eher gemächlich, schleichend oder aber, was schlimmer ist, auf ebener Strecke weiterzulaufen und sich schließlich zu verlieren. Zwei gleichermaßen tragische Alternativen.

Doch wahrscheinlich war dieses mein Beispiel zu abstrakt, zu geometrisch.Und doch, um es kurz und einfach zu sagen, glaube ich nicht, daß es sie gibt, die Steigerung ad infinitum, auch wenn die Gier danach vorhanden ist. In freundschaftlicher Harmonie zu verharren, kommt ebensowenig in Frage. So marschieren wir tapfer und frohen Mutes, kettenrasselnd und schwarzledern, in eine verheißungsvolle Sackgasse, von deren Aussehen und Ausgang ich mir noch keine Vorstellung zu machen wage. Ich marschiere einfach weiter an deiner Seite, mit festem Schuhwerk und zäh.

Und doch sitzt sie mir noch oft in den Knochen, die Angst vor Gewöhnlichem, das unser kleines Gruselkabinett entweihen könnte. Besonders in Gesellschaft fühle ich mich dann oft versucht, die Dinge zu forcieren, blindlings Porzellan zu zerschlagen. Maulheld, der ich nun einmal bin, reiße ich dann das Wort an mich und inszeniere mich derart, daß du hinter mir zurückbleibst. Ein Mißklang entsteht. Unloyal sei das, hat einer unserer gemeinsamen Bekannten einmal gesagt, es sei unloyal von mir, dich mit meinen bissigen und kompromittierenden Seitenhieben, die ich persönlich immer rasend amüsant finde, bloßzustellen. Mag sein, dabei will ich eigentlich nur den Kampf anfachen, dich mehr und mehr aus der Reserve locken, um keine heimelige Zweisamkeit aufkommen zu lassen, wobei ich allzuoft übers Ziel hinausschieße. Dabei könnte ein kurzer bissiger Kommentar deinerseits oder eine knappe ernsthafte Züchtigung in solchen Momenten alles wieder ins Lot bringen. Oft bete ich inwendig, daß man mir doch endlich das Maul stopfen möge, doch du schweigst oder blickst zur Seite.

Anstatt dich an mir zu rächen oder mich zur Räson zu bringen, wie ich es mir ausgemalt, strafst du mich mit Mißachtung und bist verletzt, was ich nicht sehen will an dir, und was mich zu weiteren Attacken reizt... Das sind dann die schrecklichen, luftleeren Momente im abgedunkelten Zimmer, da das fragile Gebäude, das wir uns gebaut haben, ins Wanken gerät, feine Risse zeigt. Der altbekannte Schmerz kriecht mir das Rückgrat hoch. Das Herz pumpt und pumpt, an Schlaf ist nicht zu denken. Eine kleine, hysterische Stimme im Hintergrund meines Seins jammert und greint, dabei habe ich doch immer nur das Höchste gewollt, das Größte, Edelste, das Absolute! kreischt sie und überschlägt sich. Die Anmaßung eines Ikarus könnte nicht größer sein, aber das ist tatsächlich das, was ich will. Oh, Himmel!

Ich beiße ins Kopfkissen und wimmere trockenen Auges, und siehe, die uneingestandene Hoffnung erfüllt sich. Deine Arme umschlingen mich, trotz aller Sticheleien und Gemeinheiten, deine Arme halten mich, pressen mich an dich. Nicht heroisch, nicht grenzüberschreitend, aber das Beste, was ich mir im Moment wünschen kann.

Grenzüberschreitung. Auch ein Wort, das ich allzuoft im Munde geführt habe, doch fiel mir bislang kein besseres ein. Ich, die mit allen Wassern gewaschene, betrete immer wieder Neuland. Nie habe ich wohl Haut, einfache menschliche Haut mit solcher Hingabe geliebt, hier endlich erscheint auch dieses Wort passend. Die Haut als solche, als Behälter der Seele oder beseeltes Fleisch oder fleischgewordene Seele oder wie auch immer. Diese Haut, die feine Zeichnung der Muskeln, die Schönheit der schmalen Hüften und der Lenden, der flachen, zarten Struktur des Bauches, eine Stelle, die ich vergöttere, zumal von unten gesehen. Doch ist es noch weniger Optik, als Berührung. Die Haare, die Handflächen die Lippen, die pulsierenden Adern des Geschlechts. Du seist wohl ein sehr körperlicher Mensch, hat wiederum einer meiner vielen klugen Bekannten gemeint, auch das mag stimmen, vielleicht liegt es daran, dein Körper lebt, man fühlt die Nerven unter der Haut, eine animalische Vibration, möglicherweise nur für mich spürbar, doch sehr real. Leidenschaft ohne Worte. Ich berge mein Gesicht in deiner Achselhöhle und lecke deinen Schweiß, ich würde gerne einschlafen, das Gesicht an deinen Schwanz geschmiegt, doch dann fände die Nacht wohl kein Ende.

Ich lecke deine Hände sauber, die naß sind von mir, ich lecke deinen Bauch sauber, deine Hüften, deine Schenkel, ich bedanke mich bei dir. All die kargen und dummen Worte. Relativ abgeschmackt, relativ ordinär, das Tun dagegen die reinste Freude. Die absolute Niederlage des Literaten.

Heute drücke ich mein Gesicht in eine deiner liegengebliebenen Boxershorts, die weich ist und sauber und die duftet, doch auch das schreibt kein Dichter.

Viele Pferdegesichter, Sonnenrösser schmücken mittlerweile meine Zimmer. Mit wallenden Mähnen, aufgerissenen

Nüstern und Augen. Pferde mit Schaum am Hals und vor dem Maul, die blindlings ins Nirgendwo rasen. Pferde, die Weite wittern.

Der König ist tot – es lebe der König!

Doch das Rad dreht sich, das Rad, auf das wir geflochten sind, es dreht sich!

Immer wieder und immer öfter erkenne ich in deinem Blick einen alten, vergrabenen Wunsch, ein altes Begehren, das ich schon einige Male mit einer unwilligen Handbewegung oder einem groben Wort abgetan hatte.

Doch dieser Morgen ist anders, er fordert mich heraus. Zwischen passiver Flucht und Offensive wähle ich letztere.

Deine Körperhaltung reizt mich, deine Gesten, dein warmes, hingebungsvolles Fleisch.

In alter und vergessener Fingerfertigkeit fessele ich dir die Hände auf den Rücken, befestige die Enden an den Haken in der Wand, bis die Gelenke spannen und du beginnst, mit den Zähnen zu knirschen. Noch recht hilflos bin ich, verstört, ich versuche hart zu bleiben und das Zittern meiner Hände zu verbergen. Ich verbinde dir die Augen, will nicht sehen, wie und ob dein Blick sich verändert. Mein Gesicht ist heiß und es zuckt unter der Haut. Als hätte ich einen vertrauten Freund verloren und wäre nun zum ersten Mal mit einem völlig Fremden allein, von dem ich nicht einmal weiß, ob ich ihn mag. So schlinge ich die Seile zu bizarren Mustern, mache feste Knoten, berühre dich grober als sonst, bediene mich deines Geschlechts, deines Mundes, fühle mich schrecklich verlassen und zornig.

Der erste Schlag auf deinen Rücken trifft mich selbst am schmerzhaftesten. Vor Wut und Trauer stehen mir die Tränen in den Augen. Ich sehe meine Götzen zerbröckeln, meine Ikone stürzen. Fassungslos trete ich ans Fenster, es ist sehr hell im Raum, lange sehe ich mir deinen gefesselten Körper an, der verdreht und gedehnt auf dem schwarzen Laken ruht. Still. Fremd. Deine Stille reizt mich, mein Verlassensein. Ich schlage dich hart, gefühllos, brutal. Ein unerotischer Akt der Rache, ein bißchen Triumph des Raubtiers, probiere sämtliche Gerten und Gürtel durch, erschrecke dich mit der brennenden

Zigarette. Deine stoische Hingabe, dein Durchhaltevermögen setzen mich in Erstaunen. Es ist, als schlage ich eine gefallene Gottheit, meine Gottheit, in Scherben auf einem schwarzen Leichentuch. Unter einem Himmel, der leer ist nun, ohne Gott. Trauer grenzenlos.

In derselben Nacht noch eine Wiederholung des Morgens. Einmal Blut geleckt, komme ich nicht zur Ruhe. Du sollst deinen Wunsch bis zur Neige erfüllt haben, denke ich gehässig, du sollst mich kennenlernen. Und das tust du, tapferer noch, als am Morgen. Und gründlicher noch lerne ich mich kennen, ich, die ich aus Angst vor den eigenen Abgründen das Zepter und die Peitsche schon vor einiger Zeit aus der Hand gegeben habe, um mich fortan in Demut zu üben, sehe ihn wieder vor mir, diesen brüllenden, schwarzen Tunnel, der mich einsaugt, bis endlich jemand Halt! schreit. Doch es schreit niemand. Du windest dich nur unter meinen Schlägen, unter meinen Beinen, meinem rohen Tun. Unter meinen Händen, die deinen Körper nachzeichnen, über deinem Gesicht knieend. Nachdem ich mich mehrfach zur höchsten Höhe gebracht habe, in wilder Raserei, will ich sehen, wie du es dir selber machst, was ich schon immer mit Wonne gesehen habe. Du tust es. Aufgewühlt sehe ich dir zu, sehe sehr genau hin, fixiere all die schmutzigen und gleichermaßen rührenden Details. Mittlerweile spüre ich auch ein gewisses Bedürfnis, und als es dir schließlich kommt, dein Schrei durch meine Hand erstickt, lasse ich es heiß und dampfend über deinen Unterleib rinnen. Unsere Säfte vermischen sich.

Der Pakt.

Ein neuer Morgen sieht unser Blut ineinander rinnen. Es gelingt mir, die Klinge in meiner heißen Hand ruhig zu führen. Über deine Brust, deinen Bauch. Dein schöner, makelloser, goldglänzender Körper zeigt rote Risse. Dunkel rinnt es über meinen Oberschenkel. Ich bin zum Schlächter geboren, denke ich, und zwinge mich, das zarte Metall aus der Hand zu legen, mit dem ich zuvor noch sacht über dein Geschlecht streiche.

Später fließt auch mein Blut. Nach einem hitzigen Kampf stehen wir uns keuchend gegenüber, und aus der Master & Servant-Szene entsteht ein seltsam neues Drittes, etwas wie Verbrüderung, und wir schweigen darüber.

Das filigrane Gebäude wankt, aber es bricht nicht. Der neue Rausch ist dem anderen nicht unähnlich, und wieder dehnen sich die Grenzen. Eine neue Würde, lieber, fremder Prinz, umhüllt dein jugendliches Haupt. Die Bestie in mir geht erfrischend hungrig auf Wanderschaft, sie giert nach unermeßlicher Macht, nach im Würgegriff zitternden Kehlen. Nach dem Haß und dem Sträuben und der letzten Hingabe des Opfers.

Wenn du morgens manchmal in die Küche kommst, nackt, grinsend oder nicht, dann bist du nichts als ein dreiundzwanzigjähriger Junge, der Hunger hat nach einer harten Nacht. Als hinterließe das alles keine Spuren.

Oft stehe ich fassungslos vor diesem Menschen, der mein einziger Eingeweihter ist und der für Augenblicke ein Teil meiner tiefsten Sehnsüchte wird. Möglicherweise gibt es den Pakt auch nur in meiner Imagination, und er hat dort seinen Ursprung, aber auch das ist mir gleichgültig, ich sage dir Guten Morgen! und versuche erst gar nicht zu verstehen, ich lächle dich an, was ich selten tue, alles ist neu und sehr verletzlich.

Der Horizont weit und dunstig, und ich habe keine Eile an sein Ende zu gelangen.

Razorbladelady oder die Gezeiten des Begehrens

Sie kommt mit einem Arm voll Astern ins Zimmer. Sie durchquert den Raum. Sie sagt „Laß uns das Spiel mit den Klingen spielen“, und ich weiß, was sie meint, und ich schließe die Augen und denke an Herbst.

Die Astern, die sie mir zu Füßen gelegt, sind rostrot, durchsetzt von flackerndem Orange, dunkel an den Rändern, fast schwarz, als wären die Blütenblätter angesengt, und in ihrem Blütenkern brodeln wer weiß was für Farben!

„Wie passend“, sage ich, zu den Astern geneigt, und sie lächelt. Wie sie es immer wieder schafft, alles auf den Punkt zu bringen, für jegliche Botschaft das perfekte Symbol zu finden.

Wieder schließe ich die Augen, wieder wird es Herbst um mich. Mit einem rauhen Seufzen lehne ich mich im Stuhl zurück und lasse die Blätter fallen, lasse die Bilder Revue passieren, während sie, ach, diese vertrauten und immer noch mysteriösen Geräusche, umsichtig die Requisiten für unser Spiel vorbereitet. Das Klappern ihrer Absätze über den Boden zieht feine Borten um meine Gedanken wie Stickmuster.

Frühling war es. Flammend, ach, berauschend, ein einziger Blumenrausch. Und Blumen sollten es immer wieder sein, die den roten Faden bildeten durch das, was zu unserer Passion wurde, meine süße Gärtnerin. Keine Astern damals, nein, Margeriten, Tigerlilien, die wettflammten mit ihrem Haar, dem roten. Sacre du printemps, das Opfer des Frühlings, das war ich, ihr dargeboten, ein Kannibalenschmaus. Unsere Premiere. Blütenkelche über weißem Linnen, unter unseren Körpern zerdrückt, so klebten sie an schweißnasser Schulter oder blieben als Zierde im zerwühlten Haar. Deine Tigerlilie, deine Frucht, dein Kelch, so üppig, überlaufend. Ich konnte und konnte ihn nicht leeren, so unersättlich ich auch war, das Schlaraffenland war's. Ich hatte das Maul voll von Brust. Ganze Füllhörner leerte sie über mir, meine Wonne. Das Zimmer erstrahlte von Sonne & Saft.

Dann Sommer. Glutrausch. Wir erklommen die Himmelsleiter mit ausgedörrten Kehlen. Dürstend und dürstend, die Hände zuckend in wilder Gier tanzten einen Totentanz über Rippenbögen. Blutrot mein Inneres, so weich dein Pelz, ewig nass und ewig brennend. Diese Gier, in Genital & Hirn. Von Rosen gequält, auf Rosen gebettet, deren bittersüßer Dorn mir die Haut aufriß, da sie sich auf mir suhlte. Ich hatte den Rachen voll von Rosenblättern, Dornen im Hintern, deine Zähne im Nacken. Das Blut rann zäh in die Achselhöhlen, die Beine hinab in die Kniekehlen, wo es sich wie in einer Schale sammelte. Zwischen geschlossenen Schenkeln wartete Dornröschen auf seine Erlösung, welche stets kam, wenn auch nicht prompt, so doch sicher und mit Macht.

Voll von Schreien war er, dieser Sommer, schönen Schreien, roten Rosen und roher Raserei. Heißer, feuchter Sommer, der du mich heimsuchst, ich erinnere mich an die wunderbare Erscheinung eines Morgens. Meine Lady, nackt bis auf schwarzen Slip steht in der Küche vor der Spüle und schneidet eine Tomate. Glatt gleitet der Stahl durch die rote Frucht. Ich stehe und starre, bis sie sich mir zuwendet, das Fruchtfleisch zwischen den Lippen. Es tropft, sie lacht.

Von metallenem Scheppern aus meiner Träumerei geschreckt, öffne ich die Augen. Mein Blick verfängt sich im kristallenen Muster eines Weinkelchs, den sie mir gereicht hat. Kunstvoll geschliffen wie er ist, reflektiert er das Licht ganz allerliebst, und ich seufze. Das Seufzen eines Nostalgikers. Ich senke den Blick ins Rubinnass, als könne ich dort die Zukunft lesen. Ich führe ein Dandydasein denke ich, und schmunzle vor mich hin.

Kristallgläser, alter Wein, klassische Partituren und das Spitzenhemd mit den weiten Ärmeln, welches meine Dame mir zu tragen befohlen hat. Dandytum & Schwarzromantik bis an die Schmerzgrenze, mein Arbeitslosendasein kommt dieser Existenzform entgegen, denke ich zufrieden, während ich das Glas an die Lippen führe, während sie weiterhin ihre Kreise im Raum zieht und ihr Netz spinnt. Dann wurde es Herbst. Die dunklen Vögel begannen ihre Kreise zu ziehen. Der Sturm nagte am Gerippe unserer gläsernen Harmonie. Es dämmerte nun früh, die Astern, die du ins Haus brachtest, röchen nach Friedhof & Verdammnis, beklagte ich mich, doch insgeheim verfiel ich ihrem morbiden Charme und ihrem scharfen, ein wenig welken, doch durchdringenden Geruch. Ihrem Geruch! Dieser Herbst sah mich auf den Knien, der Erde zugewandt. Der Herbst entblößte, entlaubte mich. Nackt war ich, endlich nackt, und preisgegeben den schwarzen Vögeln, dem Sturm, ihrem schwarzen Blick. Das Laken war dunkelbraun nun, dein Körper entschlossen unter klaffendem Mantel aus schwarzem Leder, dein Körper, von welchem ich in jenen stürmischen Tagen das Geschlecht nur in Augenhöhe hatte, nicht mehr die Lippen des Mundes, sondern den Pelz. Raubgierig, dunkel, verlockend grausam, vereint mit dem berauschenden Geruch welker Astern. Deine harte, herbstliche Hand, meine Dame, ich entlaubt auf den Knien, jeglicher Pose entledigt.

So wurde es Winter. Einen weißen Seidenstrumpf, durchbrochen und von Spitze, zog sie sich über den Fuß, die Wade, langsam, ganz langsam, entsetzlich langsam, übers Knie, den Schenkel, bis zu der gewissen Höhe, wo sie ihn mit einem Klikken festschnallte an den seidenen Gürtel der Schneekönigin. Das Fleisch zwischen Strumpfrand und Schlüpfer von Gänsehaut überzogen wie von Frost. Das Bein meiner Lady mit dem üppigen Flaumhaar. Ebenfalls weiß ist der Schuh aus Lack, der spitze, in welchen der Fuß nun gleitet, mit diesem unnachahmlichen Geräusch, das nur ein nylonbestrumpfter Frauenfuß macht. Sie hebt die Hand, ein Klimpern wie von Eiszapfen geht mir durchs Gebein, ihre Armketten rasseln. In ihrer Hand, wie ein Schneekristall, schimmert Metall. Die Klinge.

So weiß wie Schnee, ihr Bein, ihre Spitze, meine Brust. So rot wie Blut, ihr Geschlecht, ihr Mund, die roten Tropfen, die über meine Brust perlen, als die Klinge eintaucht.

Schwarz wie Ebenholz die Pupille meiner Dame, das Begehren, das sie aussendet, das Haar zwischen meinen Schenkeln, das die Blutstropfen fängt.

Eine weiße Lilie legt sie mir in den Schoß, danach. Ganz langsam tut sie das, ganz still. Die kühle, glatte Haut der Blüte an meinem heißen, geschwollenen Fleisch, auf den blutigen Laken, den schwarzen. Ihr Strumpf zeigt sich rotgeädert, wo sich mein wunder Körper gerieben, ihre Lippen verschmiert, wo sie an meiner offenen Brust gesaugt.

Die Klinge in ihrer Hand im weißen Handschuh, die Stille des Raumes, in der Kälte dieser Nacht, im Schneepalast der Eiskönigin, wo dieser Sog uns tiefer und tiefer zieht.

Mit einem Klingen stelle ich das Glas, das nun leere, zurück, die weiten Ärmel meiner Bluse eines englischen Landlords vibrieren. „Es ist angerichtet Mylady", sagt sie schelmisch und kommt auf mich zu. Gepanzert in ein schwarzes Korsett, eine martialische Kokotte. Ganz in Seide geschnürt lockt mich ihr überschwellendes, üppiges Fleisch, die runden Muskeln über dem filigranen Muster der Spitze. „Es ist angerichtet, mein Lamm“, sagt sie mit süßer Ironie und heißt mich aufstehen, und ich, unsicher schon vom Wein und einem jähen Zucken in verborgensten Gefilden, tue, wie mir geheißen. Mein Fuß im neckischen Schnürstiefelchen malträtiert Asternköpfe.

Es ist dämmrig im Zimmer, ein Kerzenleuchter schimmert, ihre Brust, stolz und aggressiv, die sich mir entgegenreckt, schüchtert mich ein. Dazwischen das dunkle Tal in nie geahnte Köstlichkeit.

So laß ich den Kopf nach hinten fallen, daß die Haut sich straff über die Kehle spannt, damit sie mit dem Fingernagel diesen zarten Grat entlangfahren kann, um mich zu entzünden, leicht, als risse sie ein Streichholz an, und schon steh ich in Flammen, schon wieder ist Herbst, gerade noch sehe ich hinter halbgeschlossenen Augen wie einen Lichtblitz die Klinge, welche die Luft zerteilt, dann teilt sich mein Hemd, es klafft, da ist meine Brust, da ziehen sich die feinen Narben vergangener Spiele, da senkt sich ihr Blick wie der eines Habichts auf mich nieder, stößt zu, erlegt mich, während ich, ganz Wollust & Demut die Beine öffne, damit sie mir an den Pelz geht und ihre andere Hand gleichzeitig die Klinge mit zärtlichem Schnitt ins Weiche senkt. Der Sog hat uns, er zieht uns hinab, es fließen Rinnsale verschiedener Art, und der Herbst findet seine Vollendung.

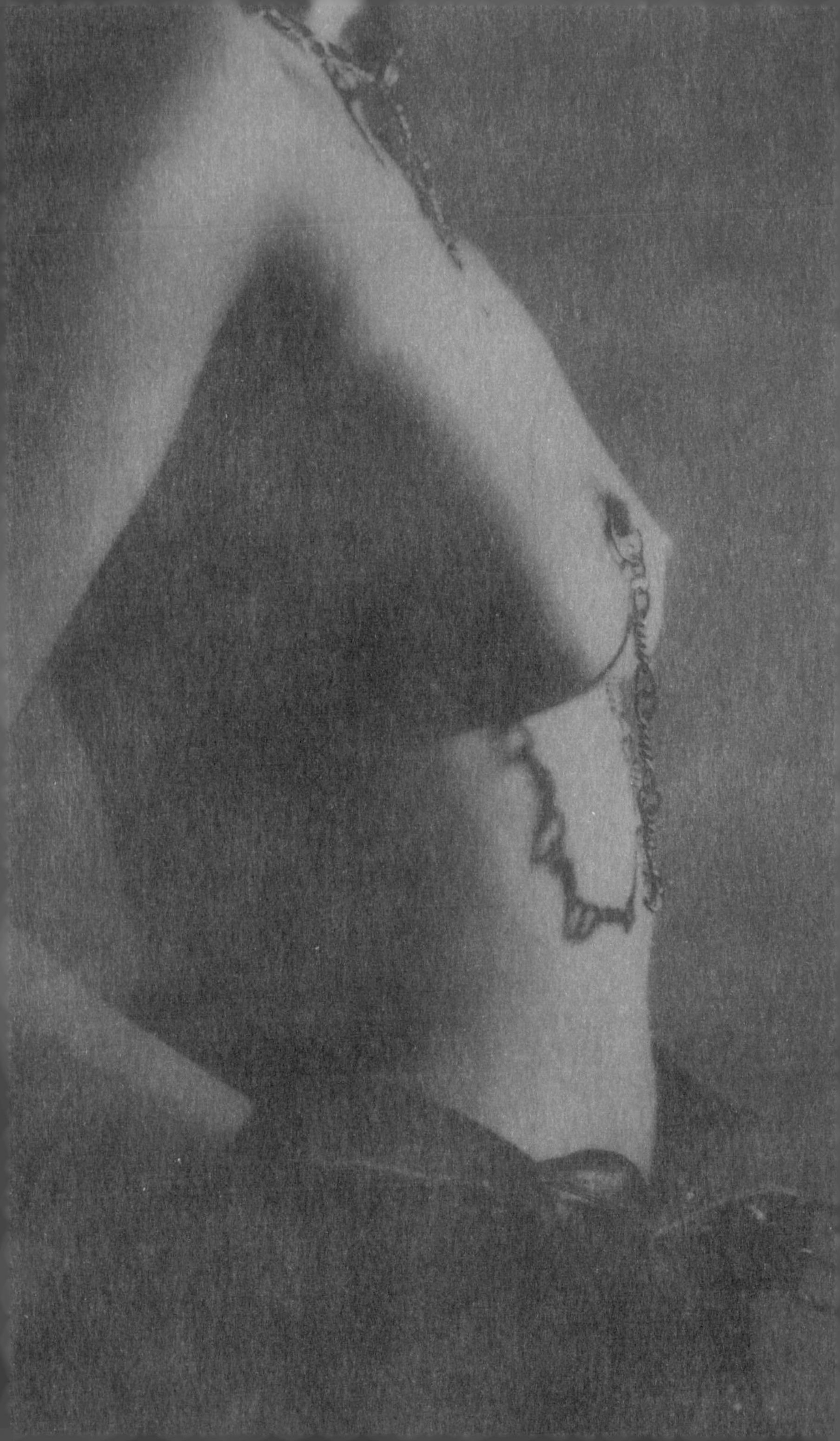

Die Haut einer gewissen Frau

Die Haut einer gewissen Frau sprüht Funken, wenn sie auf die meine trifft. Als sei das Fleisch ein Feuerstein, eine leicht entzündbare Fackel. Wenn die Fingerspitzen brennen, die Haut glimmt, das Haar in Flammen steht. Wenn die Augäpfel in der Hitze schmelzen, das Geschlecht Glut spuckt. Wenn spürbar die Nerven verschmoren, ein Zittern wie Flächenbrand über den Körper rennt.

Dieser Frau wollte ich die Grausamkeit singen, als sei sie ein Wiegenlied. Wie ein Troubadour, ein Minnesänger kläglich unterm Fenster stehen, das Gesicht von Rosendornen zerrissen, in der einen Hand die Laute, in der anderen das Messer.

Jaulend wie ein Wolf zu ihrem Fenster empor, in dessen Rahmen sich neckisch ein Bogen aus Damast wiegt. Wie ein Erzengel zirpend, von dessen Lippen Honig sabbert. Statt ein Ständchen zu bringen gegen ihr Fenster spucken, das von Ferne schimmert.

Wortkarg, sagt sie. Meine Zunge, sag ich, lag schon so oft auf der Tischkante neben Teller und Brot, gleich einem Hals in der Guillotine, doch immer war das Zögern stärker, weiß der Teufel warum.

Schneid sie nicht ab, sagt sie und grinst.

Der Teufel – weiß sie, daß ich ihm jedes Mal ein kurzes Gebet sende, wenn ich vor ihrem Schoß kniee wie ein Firmling.

Laß es nicht das letzte Mal sein, denke ich dann und empfange die Hostie, doch laß es so sein, als ritze des Messers Schneide schon die Fußsohlen.

Weiß der Teufel – wahrscheinlich ist er der Einzige, der wirklich weiß, daß das Innere einer Frau oder eines Wesens, das so genannt wird, rot wie die Hölle ist. Es quält wie die Hölle. Es lodert.

Die Haut einer gewissen Frau ist oft widerborstig, abweisend, der reinste Negativpol. Sie lehrt mich die Algebra des Begehrens. Den Adel der Demut, die Lust des Bezwingens.

Den Wert dessen, was man sich nach mancherlei Verzicht erringt.

Stimmungen prallen aufeinander wie die Schwerter von Rittern. Tret ich ihr als Kavalier in Bosheit und Leder gegenüber, widersetzt sie sich in den weißen Beinkleidern des Matrosen. Schalk im Auge.

Der Seemann und der Ritter, sie bekriegen sich bis zum Ende, um sich zu treffen. Bis einer unterliegt, bis einer überwältigt, nie war anderes möglich. Die Geheimformel der Gleichheit – Kämpfen, um den Rahmen des Möglichen zu sprengen.

Lesbisch, homosexuell, invertiert, andersrum, koste ich den Geschmack der Worte. Nichts von alldem. Dies Ausbalancieren der Beziehungen war mir stets ein billiger Kuhhandel. Dies Klassifizieren der Passionen und ihrer Schemata. Doch ist mein Herz nicht mein Genital und umgekehrt. Die beiden kennen sich schlecht und das ist gut so.

Die Haut einer gewissen Frau zuckt zusammen unter unbedachten Worten. Lieber wär mir, sie zuckte unter meiner Hand.

Ich wünschte mir einen Feind zum Freund. Wir würden uns im Extrem treffen, wie andere im Café, wir würden uns den Luxus des reinen Willens leisten, ungetrübt von Gewissen und Einschränkung, unzerschlissen vom ständigen Winseln um Harmonie. Der Haß wäre uns das Futter der Liebe, ihr Brennmaterial.

Wer noch nie die Haut des anderen zerreißen wollte, beleidigt von Schönheit. Gedemütigt und verletzt von Schönheit, der weiß nichts von den Wäldern unter der Haut, weiß wenig von den verborgenen Hyänen.

Es gibt Sammler und Schlächter, Architekten und Piraten. Einer stellt sein Juwel unter den Glassturz, schiebt es hin und her mit endloser Sorgfalt, ein anderer sieht seinen Schatz brennen und verlöschen. Einer setzt gemächlich Sprosse für Sprosse, ein anderer entert, nun – Piraten und Schlächter.

Abend und Avocados. Beim Essen sitzen. Bei Wein und Gespräch, bei Musik. Etwas liegt auf der Lauer. Fragile Stimmung. Das Säuseln einer Uhr. Die Haut einer gewissen Frau reizt mich zu Tränen. Taumelnder Stern geballter Fäuste in einem Blick.

Und ich würde sie gern in den Keller führen, all die vergessenen Stufen hinab, hinab, die Dame, deren Schleppe den Dreck mit sich schleift.

Baby, sagt sie, ich hätte so gerne eine Streckbank fürs Leben, auf der ich mich von all den Dummheiten erholen könnte. Ich verstehe, sag ich. Ich zeige ihr mit welchem Stolz die Ketzer ihre Halseisen tragen. Die Schönheit der Feuermale, die Narben der Himmelsstürmer. Wieviel wertvoller ein verwundetes Fleisch, als eitle Unversehrtheit.

Ihr Haar kurz scheren, ihre Venen öffnen, einen Nagel durchs Herz treiben. All unsere verzagten Symbolhandlungen, welche die Sehnsucht uns einbleut.

Nicht genug zu küssen, nicht genug zu streicheln. Die Haut einer gewissen Frau schreit nach mehr, viel mehr, zum Verzweifeln mehr, daß nicht Zärtlichkeit sie mehr schmückt, sondern Verachtung, nichts mehr Sensibles, sondern blinde Zerstörungswut, Defloration des Jungfernhäutchens vor der Seele.

Manchmal, in diesen eisigen Augenblicken, wenn die Finger dem schwachen Gesang unter der Kehle lauschen, diese Lust einfach zuzudrücken. In einen Leib zu beißen, der aushaucht. Doch mehr als einmal, wie sparsam war hier Mutter Natur, mehr als einmal, und nicht nur im Tod.

Das ist nicht getan mit lecken und reiben, das ist vielleicht die Ouvertüre.

Die Haut einer gewissen Frau soll betteln, soll flehen. Schamlos und vulgär.

Ihre Zehen lecken in dem Moment, da sie zur perfekten Hure wird. Hebamme des Leids.

Die Haut einer gewissen Frau zögert noch, aber sie zeigt schon Risse.

Die Leichtigkeit, die Heiterkeit. Wie schön, wenn sie Schlittschuh laufen über dunklem Grund.

Jeder Morgen verspritzt sein giftiges Parfum und wir hungern.

Bei Nacht versuch ich mich zaghaft noch im Zerfleischen.

Glasscherben in einem Schoß, ein Geschlecht mit Glasscherben füllen, sehen, wie es dunkel ins Laken sickert.

Liebe, sag ich, diesem Biest Liebe will ich auf die Spur kommen. Jeder führt es im Munde, allerorten wird es zerschlissen, für jede Lüge hält es her, und keiner weiß, von was er da eigentlich spricht.

Ich will sie in den Keller führen, wo es feucht von den Wänden rinnt, wo es nach altem Gestein riecht, nach bemoostem Stein, wo wir den Melodien der Metallrohre lauschen lernen, dem Gluckern in den Rohren aus rostigem Metall. Der Geruch nach Stein, nach Erde, morschem Holz. Der Geruch alter Schlösser.

Das Scharren der Füße, das Scharren der Hände in der Erde, das exquisite Kratzen der Fingernägel über bröckelndes Mauerwerk, das Schrammen der Haut über kantigen Stein.

Augen, die in der Dunkelheit schwimmen.

Feuchtigkeit, die aus den Wänden sickert wie aus Poren, dort, wo der nackte Rücken sich an den Stein schmiegt, schwarzgraue Schlieren über die Haut zieht.

Über einen alten Holztisch gebogen, feiner, uralt gesiebter Staub, der durch alle Öffnungen rieselt, die Gesänge der Metallschlösser.

Die Haut einer gewissen Frau, die sich am Mauerwerk aufschrammt unter meinem Gewicht. Zunge, die über Sandiges wandert, ein Bouquet aus Gerüchen. Die Haut, der Körper. In eine Ecke gedrückt, über einen Tisch gebogen. Sandig, rauh, zerkratzt. Rostiges, metallenes Bett. Wasserrohre blubbern, Kopf, der wie ein Ball gegen die Wand taumelt. Haar, das zwischen den Fingern reißt. Schächte tun sich auf, in immer tiefere Keller.

Geschlecht, das im Dunkeln aufklafft. Rührendes, rotes Tier im Stein. Haar, das reißt, Knochen, der sich am Stein verwundet.

Kellerassel, sagt sie. Loch, sag ich. Alle Öffnungen schreien, auf daß wir neue erfinden. Loch, sag ich, wunderbares Loch aus Samt, und sie grinst. Das ist ein Spiel, das kaum einer verstehen will, oder kann? Aus kleinlicher, häßlicher Angst um den eigenen Pelz vielleicht? Aus Feigheit? Vielleicht, sagt sie und grinst.

Ein Spiel, das mehr verlangt, als die meisten zu geben bereit sind. Die Angst um das eigene Revier, falls man dies Zelt aus Haut so nennen mag. Stattdessen tummelt sich alle Welt in den Vorgärten, in kleinen, sauber angelegten Rabatten. Ein

Revier, sagt sie schmunzelnd, muß markiert werden.

Es gibt die häßliche Fratze der Lust, nicht nur die Nougatschnauze. Es ist wahr, daß sie oft gierig ist, unschuldig und gemein. Es ist wahr, daß Liebe stinkt, daß es eine dunkle Seite des Mondes gibt, eine absolute negative Schönheit.

Sie schmunzelt immer noch, während sie ihr Revier markiert, ihr Bein gleich einem Bogen über mich spannt, und dieser heiße, goldene Strahl über mein Gesicht zischt, über meine geschlossenen Augen wie dampfender Regen.

Verreck, denk ich, in ihre Gnade fallend, verreck doch, während es näherkommt und hart mein Knie gegen ihren Schamknochen rennt.

Träume vom Mißhandeln, vom Mißbrauchen, Träume, die nicht gern gestanden werden und doch tausendmal anders, weil frei gewählt und frei von Absicht. Hunger und Scham, Puls gegen die Schläfe.

Hier unten, sagt sie, im Keller, sind wir keine domestizierten Tierchen, nicht zivilisiert, nicht Männer, Frauen, Lesben. Nur Wilde, verbissen überlebende Wilde.

Wie Tränen rinnt es über meine geschlossenen Augen. Aufgerissenes Geschlecht im Keller, zusammengekrümmter, kauernder Leib. Rippen, die nachgeben. Der Teufel im roten Samt.

Die Haut einer gewissen Frau hat alle Eigenschaften eines Leichentuchs, allen Adel der Vergänglichkeit.

Augen, die in der Dunkelheit schwimmen.

So leg ich getrost meinen Hals in ihre Hände wie unters Schafott, lasse mich in ihre Gnade fallen.

Ich sende einen Psalm dem Teufel, denn er allein wird verstehen, wenn ich gestehe, was ich mir wünsche, wenn die Bilder enden.

Ich gestehe –

Aus der Haut einer gewissen Frau wünsche ich mir ein Laken für traumlose Nächte.

Lychees oder strange fruit

Lychees hätten die Form und Konsistenz von Hoden, hatte einer meiner Gäste an jenem Abend gesagt, eine verwirrend erotische Frucht, und ich hatte ihm recht geben müssen, als ich einige davon im Mund hin und her schob, meine Zungenspitze in die weiche Öffnung schob und den gleichzeitig schalen wie auch süßen Geschmack kostete.

Lychees, selbst ihr Geschmack vermochte mich jetzt nicht mehr zu trösten. Ich griff mir die letzte, unangebrochene Flasche Sekt dieses Abends und trottete trübsinnig aus dem Haus. In die überraschend kühle Nachtluft, in Richtung Park, der nur einige Meter von meiner Heimstatt entfernt war. Lauschiges, raschelndes Grün, das mich aufnahm, als ich wehmütig zu meinen erleuchteten Fenstern emporblickte, zu den hellen Batistvorhängen, die sich wie Geister ins Freie blähten.

Als ich mich setzte und die Flasche entkorkte, begann es zu regnen, was mich nicht weiter erstaunte. Ich schlug meinen Mantelkragen hoch, setzte die Flasche an und versuchte zu vergessen.

Der Mond, der im Zunehmen begriffen war, sah aufgedunsen und ungesund aus. Krank war auch ich, krank waren meine Gedanken und krank war, was sich in meiner Wohnung abspielte, die ich schändlicherweise hatte verlassen müssen, aus der ich ausgestoßen war wie ein Fremder. Und das auf niederträchtigste Art und Weise.

Dabei hatte der Abend so angenehm begonnen. Ein kleines, erlesenes Diner im Kreise engster Freunde und deren Begleiter, um die Veröffentlichung meines jüngsten Buches zu feiern, dessen Erscheinen mich teils mit Scham, teils mit Freude erfüllte, allzu offenherzig hatte ich darin über sexuelle Zusammenhänge geplaudert.

Jeder meiner Bekannten meinte sich wiederzuerkennen, selbst wenn es reinste Phantasieprodukte waren, und man stellte mir schlüpfrige Fragen bezüglich meiner Neigungen, die ich mit dem unergründlichen Lächeln der Dichterin beantwortete. Schweigend.

Dazu hatte es wie durch Zufall allerlei schlüpfrige Speisen gegeben, von besagten Lychees und anderen eingelegten Früchten, über Muscheln und Austern, bis hin zu gallertartigen Süßspeisen. Allesamt sehr anzüglich angerichtet und strotzend von vermeintlichen Aphrodisiaka. Ein seltsamer Partyservice war das, den ich da konsultiert hatte. Ich fragte mich, ob sie wohl mein Buch gelesen hatten.

Der Abend war jedenfalls ein Erfolg gewesen, so meinte ich aus der Sicht der Gastgeberin beurteilen zu können. Lebhaftes Geplauder um die Tafel herum, von der eifrig genascht wurde, einige harmlose Flirts, der richtige Prozentsatz von Angetrunkenen und Sticheleien. Die richtige Menge von Komplimenten bezüglich des Festes.

Auch die Zeit des allgemeinen Aufbruchs war exakt die richtige gewesen. Abschiedsküßchen allerorten und die üblichen – wir sehen uns – bis bald – Floskeln. Das Buffet sah aus, wie es sein sollte, wie ein Schlachtfeld, und ich hätte mich mit einem leichten Lächeln der Befriedigung und etwas erschöpft ins Bett begeben, allein, so wie es zur Zeit mein Los war, wäre nicht das Unsägliche geschehen.

Zwei meiner Gäste hatten das Fest nicht verlassen, wie ich erst zu spät feststellte. Als ich verklebte Teller und mit Lippenstift verschmierte Gläser von der Tafel räumte, vernahm ich ein leises Kichern und Gurren aus mir undefinierbarer Richtung, das heißt, ich dachte erst es sei ein Kichern, bevor mein Urinstinkt mir sagte, daß es etwas anderes war. Es war das unnachahmliche Geräusch des Beischlafs, das da an mein Ohr drang. Zuerst war ich erschrocken, dann zornig, doch das leise Seufzen steigerte sich zu lautem, haltlosen Stöhnen, so daß ich betreten schwieg und weiterhin versuchte, aufzuräumen und mich zu fassen.

Gut, so dachte ich, irgendwo in meinem Heim wurde kopuliert, und zwar schamlos. Wer und wo würde ich noch herausfinden, doch ich würde eine entsprechende Zeit warten, um mir und den Betroffenen die Peinlichkeit zu ersparen. Stoisch und immer wieder gähnend, begann ich Geschirr abzuspülen. Ab und zu hielt ich inne und lauschte, doch außer verstohlenem Geraschel und dem immerwiederkehrenden Stöhnen, von dem sich nicht sagen ließ, ob es männlicher oder weiblicher Natur war, veränderte sich nichts. Ich spülte weiter, bis ein durchdringender Schrei mich auffahren ließ. Schrill und unartikuliert. – Mein Gott, fiel eine tiefere Stimme ein, oh, mein Gott –. Dann Stille, unheilschwanger.

Meine Hände zitterten. Ich hatte ein dünnwandiges Sektglas zerbrochen, und ein feiner Blutfaden rann mir über's Handgelenk. Wütend wickelte ich mir ein Handtuch um die kleine Wunde und ging entschlossen in das Speisezimmer, um der Sache ein Ende zu machen.

Da sah ich sie, die Hand. Sie lugte unter der Tafel hervor, die mit einem weißen, bodenlangen Tuch bedeckt war, sah aus, als wäre sie am Handgelenk abgetrennt. Die Finger zuckten und bewegten sich wie ein Seestern, eine kleine Krake, etwas Absurdes und Unappetitliches, wie sie so unter dem Tisch hervorragte. – Gut, sagte ich laut und versuchte ein Lachen, ihr könnt jetzt hervorkommen, ich habe noch eine Flasche Sekt da. – Bitte, laß uns allein – hörte ich mit Entsetzen die Stimme meiner besten Freundin in einer nie gekannten Mattigkeit, es klang, als sei sie dem Weinen nahe, – wir brauchen noch etwas Zeit, bitte. Und könnten wir vielleicht etwas zu Essen bekommen, bitte? –

Dieses Bitte war so kleinlaut und doch eindringlich, daß ich wie ein Trottel gehorchte. Ich ging in die Küche, lud kalten Braten, Obst und Lychees auf einen Teller und trug ihn zum Tisch. Die Hand bewegte sich flink, tastete, und die Speisen verschwanden unterm Tischtuch, das wallte mit einem gehauchten – Danke, Liebes.–

Dann kauerte ich voll Entsetzen auf dem Boden, hörte das Kauen und Mahlen und wohlige Schmatzen der Verborgenen.

Ich erinnerte mich jetzt auch an den Begleiter meiner Freundin, einen schönen, muskulösen Mann in malerisch zerrissenen Jeans, welchem ich den Abend über immer wieder den einen oder anderen begehrlichen Blick zugeworfen hatte, ohne jedoch auf Gegenseitigkeit zu stoßen. Er war, so mußte ich im nachhinein feststellen, der einzig attraktive Mensch auf meinem kleinen Diner gewesen, außer besagter Freundin, die in früheren Tagen für kurze und verwirrende Zeit auch meine Geliebte gewesen war. Ich empfand einen plötzlichen und heftigen Anfall von Haß auf beide, und hätte am liebsten das schmuddlige Tischtuch weggerissen, um sie in ihrer unangenehmen Lage zu entblößen, doch da hörte ich schon wieder das eindeutige Aufeinander und Ineinander von Leibern, ein kehliges Schnurren und das Geräusch von Küssen. Betroffen hielt ich inne.

– Du bist wirklich der Wahnsinn – hörte ich eine atemlose Stimme, die des jungen Mannes, bevor sie von Küssen erstickt wurde, hörte das Klirren der Teller, und einige angebissene Früchte rollten mir vor die Füße. Eine Erdbeere, eine Aprikose, ein rotwangiger Apfel. Pedantisch sammelte ich sie auf und legte sie auf den Tisch. Ich hatte Tränen in den Augen, als ich die Brunftschreie meiner Freundin hörte, die ich so nie vernommen hatte. Ich griff mir die letzte Flasche Sekt und flüchtete aus meiner Wohnung in der ich mich wie ein Eindringling zu fühlen begann.

Einige Zeit saß ich im Park, wurde zunehmend betrunkener, blickte verwirrt in den Mond oder hoch zu meinen erleuchteten Fenstern, die mich zu verspotten schienen. Mit der leeren Flasche in der Hand, den Mantelkragen bis über die Ohren gezogen, schlief ich ein, um am Morgen mit Kälte in den Knochen und in klammen Kleidern aufzuwachen. An meinen Haaren klebten Erde und Laub. Wütend war ich und entschlossen, als ich meine Wohnung betrat, wo mich, wie zum Hohn, Wimmern und Seufzen empfing. Vorsichtig, wie einem Ungeheuer, näherte ich mich der Tafel, die im Morgenlicht noch gespenstischer wirkte. Ein noch eindeutigeres Stöhnen, dann Stille. Meine Schritte mußten zu hören gewesen sein. – Ich habe solche Lust auf Lychees – hörte ich mit Entsetzen eine laszive, verschlafene Stimme und der männliche Part stimmte brummend zu.

Ich brachte das Verlangte, meine Nackenhaare sträubten sich, und schob es unter den Tisch, mit abgewandtem Blick.

Als ich mich entfernte, begannen wieder die üblichen Geräusche. Die Lychees hatten sie gestärkt.

Ich ging zum Telefon und sagte alle Verabredungen ab, ich erfand einen überraschenden Besuch. Stundenlang saß ich an meinem Schreibtisch, ohne etwas zu arbeiten, ich stellte die Musik laut, sehr laut. Mittags und abends schob ich Essen unter den Tisch, sowie einen Eimer für eventuelle Ausscheidungen. Der praktische Teil in mir war noch intakt.

In der Nacht lag ich wach und lauschte gebannt dem Wispern und Raunen aus dem Nebenzimmer, unterbrochen nur von übermütigem Lachen und allerlei Rutsch-Zerr- und Gleitgeräuschen. Ratlos war ich und von Neid erfüllt. Unruhig wälzte meine Zunge Lychees hin und her, diese verwirrende, glitschige Frucht, von der etliche, geöffnete Dosen vor meinem Bett standen und ihren süßlichen Geruch verbreiteten. Meine Gedanken ließen sich nicht ordnen. Ich hatte eine gelungene Party gegeben, ich war eine aufstrebende Dichterin, ich war weltoffen und hatte Stil, und nun trieben es meine Gäste unter meinem Tisch und alles war zerstört.

Der nächste Morgen verging wie der erste, ich ließ Lebensmittel kommen, denn ich wagte nicht, meine Wohnung zu verlassen, und nur von Luft und Lychees konnte niemand leben.

Die Umgangsformen reduzierten sich auf's Wesentliche. – Hunger! –, schrieen sie nur noch oder – Durst! –, um ihre Wünsche kenntlich zu machen, denen ich völlig besinnungslos nachkam. Ich demütigte mich soweit, den unsäglichen Eimer zu leeren, den sie mir entgegenschoben, und der nicht allzuviel enthielt, sie aßen ja auch so wenig.

Meine Nachbarn klingelten und beschwerten sich schnippisch über nächtlichen Lärm. Ich stammelte etwas von einer verlängerten Party, von Alpträumen in der Nacht, von unruhigen Gästen, und sah doch, daß man mir nicht glaubte. Meine Augenringe und meine Fahne sprachen nicht gerade für mich.

Noch während ich so debattierend im Hausflur stand, gellte hinter meinem Rücken ein markerschütternder Lustschrei, der an Intensität und Dauer nichts zu wünschen übrig ließ. Meine Nachbarn sahen mich wie eine Irrsinnige an und zogen sich in ihre Wohnungen zurück.

Ich setzte mich an meinen Schreibtisch und weinte auf meine unbeschriebenen Blätter.

Am dritten Tag begann es seltsam zu riechen. Eine Mischung aus verdorbenen Lebensmitteln, den Ausdünstungen schwitzender Körper und etwas, das an Brunftzeit im Zoo erinnerte. Der Geruch von Sex. Eine schwüle Mischung, die mir die Sinne vernebelte. Ich wollte die Fenster öffnen, wurde aber durch empörte Rufe – Zuviel Lärm! Oh, nein! – daran gehindert. Ich beschloß, den Geruch als etwas Natürliches zu sehen.

Bei einer meiner Fütterungen, wie immer etwas Obst, Brot, Käse, sah ich etwas wie eine rosa Schlange, eine kurze, die sich unter dem Tisch hervorschlängelte. Sanft gebogen und appetitlich anzusehen. Ich näherte mich leise und tippte das Etwas mit der Fußspitze an.

Es glänzte feucht und versteifte sich leicht, bevor es sich zurückzog. Befremdet fragte ich mich, welch seltsame Stellung er wohl eingenommen haben mochte, um sein Geschlecht derart zu präsentieren. Ich war amüsiert. Ein anderes Mal näherte sich mir ein schmales Rinnsal, das zur Lache wurde vor meinem Fuß, der in rotem Wildlederschuh steckte. Ich roch kurz daran, erkannte den scharfen Geruch, vermischt mit etwas anderem und Zorn stieg in mir auf. Mit Absicht nicht in den Eimer entleert, aus Gründen der Lust oder wie auch immer. Ich sprang auf den Tisch, trommelte mit den Fäusten auf die Platte und schrie. – Ihr verdammten Schweine, ihr verdammten perversen Säue, es reicht mir, hört ihr, ich laß euch elendiglich verhungern, hört ihr! – Schweigen. Dann Kichern. Ich hörte sie tatsächlich kichern. Beschämt gab ich auf, holte Eimer und Lappen und wischte alles sauber.

Einmal hatte ich mitten in der Nacht einen perfiden Einfall. Selbst sie mußten einmal Pause machen und schlafen, dachte ich listig, griff mir ein Grafikmesser und schlich mich leise an, sehr leise. Durch die Fenster drang ein Geringes an Licht, doch es würde genügen, um zu erkennen. Ich lauschte der Stille, kein Laut war zu hören. Unendlich vorsichtig machte ich einen kleinen Schnitt in das Tuch, schnitt ein kleines rundes Loch frei, so vorsichtig wie nie, wollte gerade mein hungriges Auge diesem nähern, um endlich zu sehen und zu wissen, als eine flinke Hand von innen es mit einem Salatblatt stopfte. Das Messer entglitt meinen Händen, ich war dem Wahnsinn nahe, ich haßte.

Mein Magen rebellierte von all den Lychees, die ich nachts in mich hineinstopfte, um das Grauen zu vertreiben, das den Bodensatz meiner sämtlichen Begierden an die Oberfläche zwang.

Ich schleppte mich in mein Bett und heulte mich in Schlaf.

Am Morgen weckte mich unbeschreiblicher Lärm.

Ich sah dieses Monstrum von Tisch, das hin und her rückte und hüpfte wie bei einer drittklassigen Sceance, das Tischtuch wehte, und gab für Sekunden den Blick frei auf rosiges Fleisch.

Zerbrochenes Geschirr und Lebensmittelreste übersäten den Boden. Das ganze Zimmer war in Aufruhr, und Schreie, nicht für des Menschen Ohr bestimmt, von einer Absolutheit, die mich schmerzte echoten von Wand zu Wand. Letztes Aufbäumen, und der Tisch stand wieder still, harmlos fast, doch unheilschwanger.

Dann kroch der junge Mann darunter hervor. Unsicher war sein Gang, als er den Raum durchquerte und sich Tränen aus dem blassen und vernichteten Gesicht wischte. Er schien mich überhaupt nicht wahrzunehmen. Sein Schwanz war rot und geschwollen und sah sehr mitgenommen aus. Wahllos riß er einen Mantel von der Garderobe, ich hoffte, daß es nicht mein bester wäre, dann fiel die Tür hinter ihm ins Schloß. Wehmut ließ er zurück. Danach tauchte meine Freundin auf. Dreckig, stinkend, das Haar wirr und verfilzt. In strahlender Nacktheit. – Ach, sagte sie, als sie mir um den Hals fiel, ach! –

– Geh dich duschen, sagte ich sanft, ich mach uns eine Dose Lychees auf.

Es fühlte sich fast an, als sei ich sehr glücklich.

sax

Ich hasse es, morgens aus dem Haus zu gehen und sehen zu müssen, wie Preßlufthammer und Bagger mit durchdringendem Geräusch die Straßen aufreißen. Wie die eisernen Mäuler den Boden zerfleischen, klaffende Wunden in die Erde hauen aus denen Flüssigkeit rinnt, daß die unterirdischen Rohre und Leitungen wie Adern und Sehnen sichtbar werden. Ich hasse dieses Kreischen, das wie Schmerzensschreie klingt. Die vom Lärm abgestumpften Gesichter der Arbeiter, die ihre Geräte wie verlängerte Geschlechtsteile in die zitternde Erde rammen. Dampf, Gestank und vibrierende Luft. Traurige Erdlöcher, die ihr feuchtes Gedärm anklagend entgegenstrecken. Es ist, als wohnte man einem Schlachtfest bei, und danach einer Trauerfeier zu Ehren der Opfer.

Straßen werden immer breiter, Schilder so groß wie die Leinwände von Autokinos. Der Wald der Laternen, eine Galaxie, durch die sich zäh und glitzernd ein Schlangenleib aus Fahrzeugen windet. Eine Welt aus Klötzen, Prismen, Lichtern, über welcher, einsam und majestätisch, die gigantischen Hälse von Kranen in einen zersplitterten Abendhimmel ragen, fast schön in ihrer Traurigkeit.

Die wehmütig verzerrte Fassade eines halb abgerissenen Hauses, aus dessen leeren Fensterhöhlen leise der Kalk rieselt. Bewacht von der schlanken Silhouette eines Kranes, der selbstvergessen in dunstige Fernen blickt. Bei solchem Anblick möchte ich in die Knie sinken und dem stummen Verfall huldigen. Dann habe ich im Hinterkopf das drängende Gefühl etwas zu begreifen. Scheinwerfer und Straßenschilder verschwimmen vor meinen Augen, mein Blick verliert sich in der Tiefe von Unterführungen, den Schatten von Fabrikschloten, den blendenden Mäulern von Supermärkten.

Ich tauche ein in die hastenden Menschenmassen, lasse mich wie in einem Fischschwarm mittreiben, höre das stampfende Herz der großen, unaufhaltsamen Maschinerie, stolpere geblendet in der Menge mit, begreife, begreife und heule.

In derartigem Zustand lief ich eines Winterabends um Feierabendzeit, als alles, was Beine oder Räder hatte, wie panisch dem Zuhause zufloh, während Weihnachtsbeleuchtung, diese rührende Verschwendung, die Stadt verunwirklichte, frontal in eine lang verschollene Freundin, die mich verwirrend herzlich begrüßte. Sie zog mich mit sich in ein Café, das mit anheimelnder Wärme und leise jaulendem Jazz aufs Angenehmste mit der Hektik draußen kontrastierte. Mit dem schwarzen Lebenselixier in den Händen taute ich langsam auf, und es gelang uns ziemlich rasch die ehemalige Vertrautheit wiederherzustellen. Obwohl wir uns zu keiner Zeit oft oder regelmäßig gesehen hatten, trug jeder für sich das tröstliche Gefühl mit herum, daß irgendwo, zur selben Zeit, der andere an der gleichen Schwerstarbeit schuftete, nämlich das Leben irgendwie in den Griff zu kriegen.

Manchmal war es schon genug zu wissen, daß jemand wie du existierte, um mir wieder Auftrieb und produktiven Zorn zu geben. Mag sein, daß ich unser Vehältnis verklärte, daß ich mir wirkliche Nähe nur durch räumliche Distanz vorgaukeln konnte, ohne die Abnutzungen des Alltags, mag sein.

Jedoch kommunizierten wir wie zwei verwandte Planeten, das war einfach und schön, so hinterfragte ich nicht.

Und hier trafen wir uns wieder. Du erzähltest von all dem Pech, das dich in letzter Zeit heimsuchte, davon, daß du deinen Job in der Werbeagentur verloren hättest, das Geld nun knapp sei, du dich zum tausendsten Mal erfolglos um einen Platz an der Akademie der Hohen Künste bemüht hättest. Du balltest deine zornigen, von Farbe und Terpentin verschmierten, Fäuste, während du über Ignoranz, Dumpfheit und das pervertierte Kunstverständnis der heutigen Menschen fluchtest.

„Ich glaube, ich bin wohl eher Art-ist, meintest du mit Schalk in den Augen, ein nackter Artist auf einem Trapez ohne Netz, und ein paar Jahrzehnte zu spät geboren."

Ich wußte, was jetzt kommen würde, und noch bevor du dich in deine schon fast kultischen, schönen aber anstrengenden, Tiraden über die Zeiten, als den Künstlern noch Farbe statt Blut durch die Adern rauschte, die Zeiten des edlen Pathos und tragischen Scheiterns, verlieren konntest, fragte ich dich rasch nach deiner Wohnung, die du vor einem Jahr

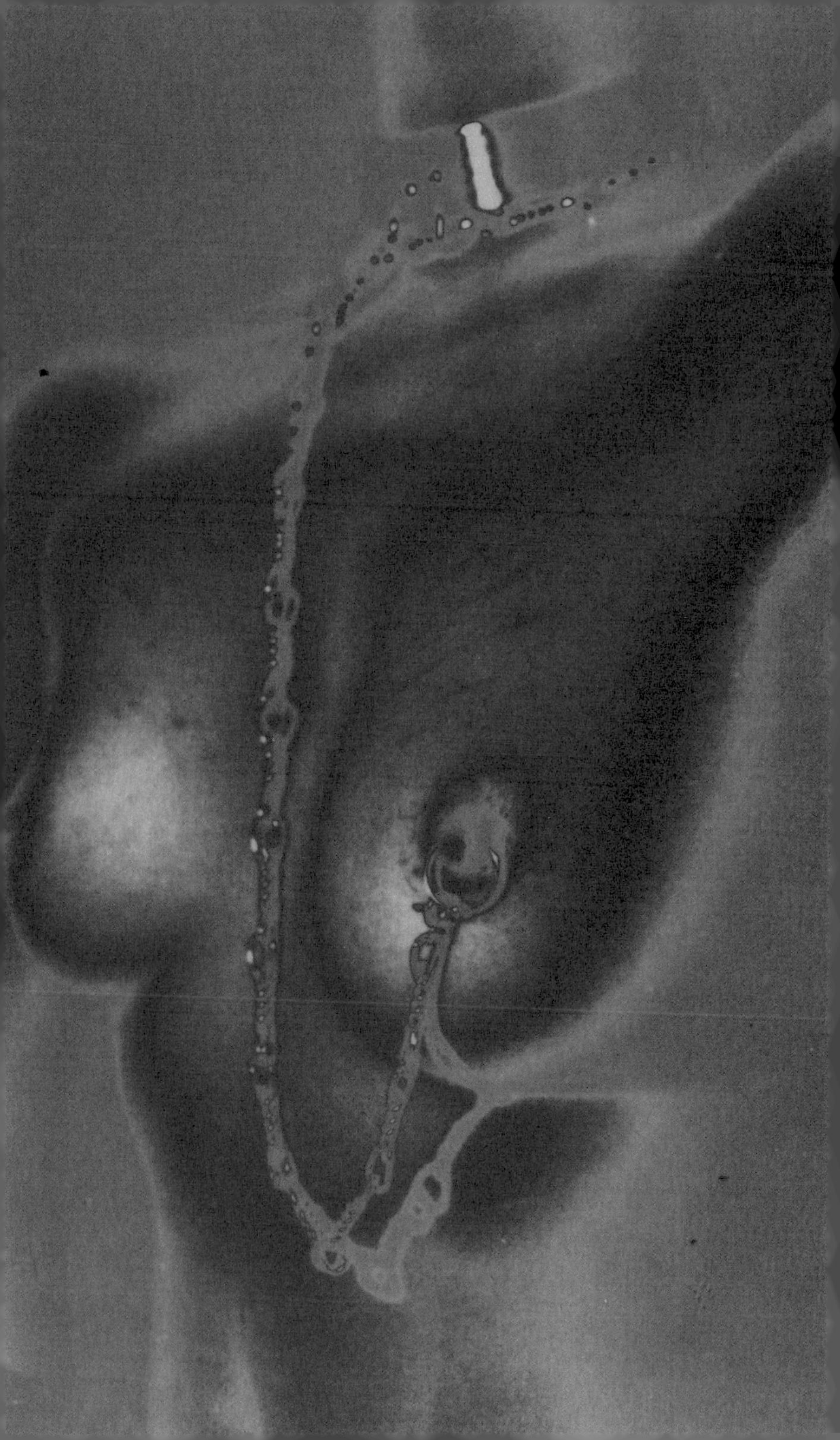

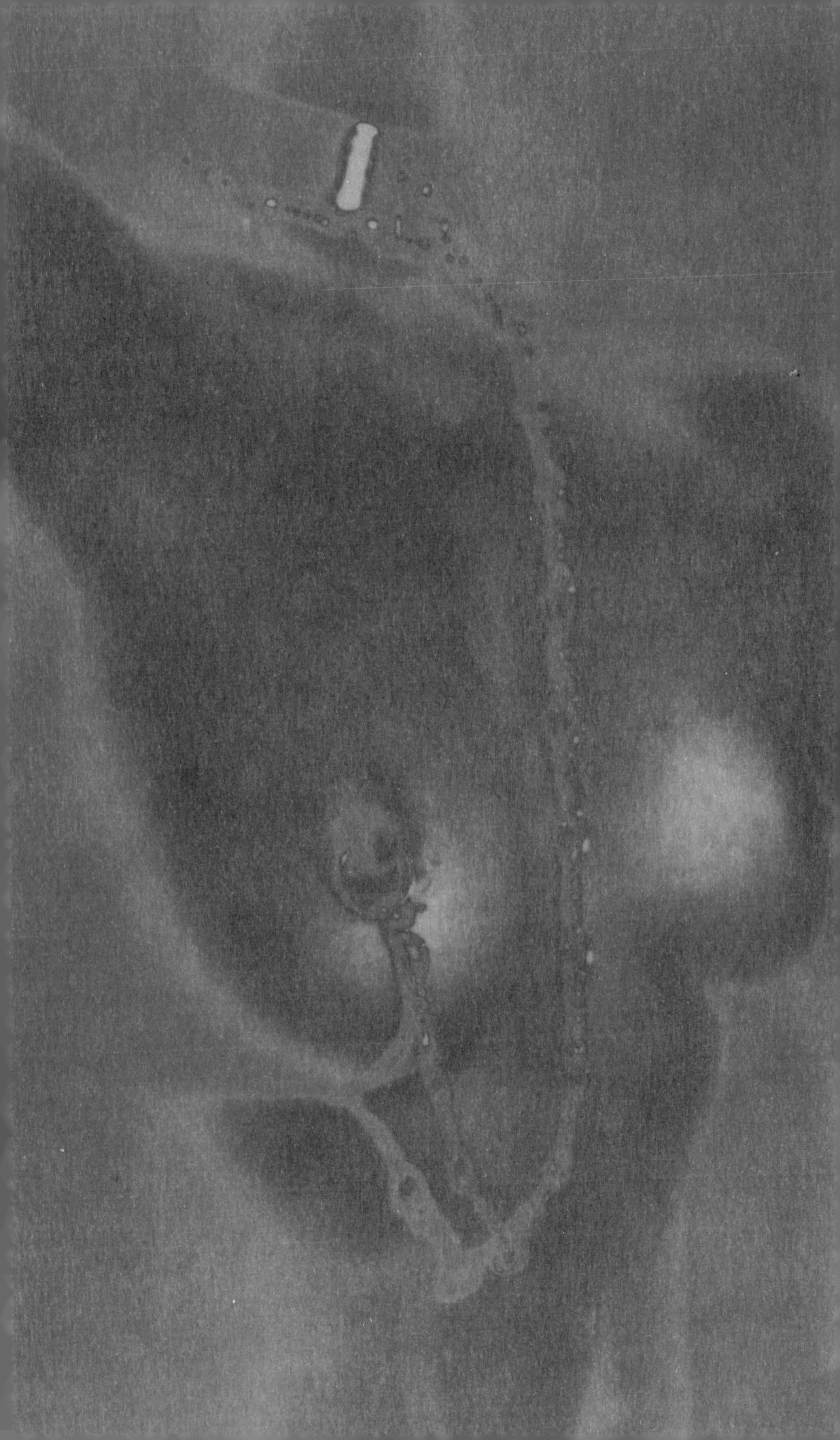

bezogen hattest, und die dein ganzer Stolz, deine Trutzburg war. „Ja, das kommt noch dazu, höhntest du, die wollen das Haus in zwei Monaten abreißen, weil eine breitere Ausfahrtsstraße gebaut werden soll. Letzten Monat hat man mir gekündigt. Diese gottverdammten Kretins!“ „Als gäbe es nichts anderes, als kaputtzumachen und wieder aufzubauen, um wieder kaputtzumachen. Endlose Beschäftigungstherapie für den distinguierten Wahnsinn.“ Dann schlugst du noch einmal auf den Tisch, daß die Tassen klirrten und ließest den Kopf hängen. Ich suchte gerade nach irgendetwas Tröstendem, das ich dir sagen könnte, als sich ein listiges Grinsen auf dein Gesicht schlich. Du griffst in deine Hosentasche und legtest bedeutungsvoll zwei Schlüssel auf den Tisch. „Die hab ich dem Vermieter nicht zurückgegeben, flüstertest du, das heißt, es gibt eine leere Dreizimmerwohnung in einem Abbruchhaus...“ „die uns zu jeglichem Zweck zur Verfügung steht“ vollendete ich begeistert. Der Gedanke an eine Wohnung, einem Versteck von dem niemand etwas wußte, und der im Hinblick auf ihren baldigen Untergang etwas prickelnd Morbides anhaftete, gefiel mir. Zudem war es eine allzu willkommene Abwechslung in meinem zu trostloser Harmlosigkeit abgesunkenen Tag-für-Tag Leben, das vor ein paar Jahren noch so schicksalsschwer und euphorisch, so voller Vorzeichen und Berufungen gewesen zu sein schien. Ich war in großer Gefahr, in die trübe Resignation des Erwachsenseins gezogen zu werden. Und nun dieser ersehnte, kleine Anstoß, der mich aus dem Schlummer riß. Da ich es kaum mehr ewarten konnte, machten wir uns unverzüglich auf den Weg zu dieser Wohnung.

Nachdem wir uns, mit einer Taschenlampe bewaffnet, durchs Treppenhaus geschlichen hatten, und schließlich in den kahlen, hallenden Räumen standen, die unseren Schritten zu lauschen schienen, waren wir reichlich ergriffen. Wir blickten durch matte Scheiben hinab auf das Straßentreiben und badeten in dem Gefühl, daß niemand von unserem Hiersein wußte.

Wir lachten uns an, und die abgestandene Luft war voll von Ideen, Erinnerungen und Plänen.

Die nächsten Wochen waren wir fieberhaft damit beschäftigt, aus dem tristen Loch eine Art privates Wunderland zu machen. Wir experimentierten mit Folien, Tüchern, Kunstdrucken, suhlten uns in den grellen und schwülen Farben, die wir eimerweise anschleppten, sprühten unsere liebsten Zitate auf die einladenden Wände und bauten allerlei skurrile Objekte auf, die in einer herkömmlichen Wohnung nie zur Geltung gekommen wären. Hier aber verwandelte sich alles in eine faszinierende Szenerie zwischen Genialität und Größenwahn. Die Kreativität quoll uns aus allen Poren, und am Ende unserer fanatischen Bemühungen standen wir vor dem Materie gewordenen Traum eines Psychopathen oder den Kulissen eines recht morbiden Bordells.

Wie gebannt standen wir vor unserem Werk.

So verbrachten wir einige, mit der Würze des Geheimnisses belebte Wochen, hörten Musik, die in den kargen Räumen widerhallte, kochten Kaffee auf einem Spirituskocher und redeten ganze Nächte lang im flackernden Schein von Petroleumlampen. Das einzige Problem war die Kälte, so behalfen wir uns notdürftig mit allerhand Decken und Schlafsäcken, in die wir uns einrollten, um früh morgens durch vereiste Scheiben den Tag grauen zu sehen.

Ich weiß nicht mehr genau, wer es zuerst ausgesprochen hat, aber in einem unserer sehr verstrickten Gespräche fiel der Ausdruck „stundenweise vermieten", von einem ironischen Grinsen begleitet. Allerdings wurden wir, als wir diese fixe Idee ein paarmal hin und her jongliert hatten, wobei wir unserer ewigen, finanziellen Zwangslage gedachten, sogleich ernster. „Gar nicht schlecht, die Idee", hast du gemeint und mich nachdenklich angesehen, „warum sollen wir mit unserer malerischen Höhle nicht ein paar Mark verdienen, vielleicht wäre es gar eine fruchtbare Erfahrung?" Und ich, die ich ständig hinter allem her war, was auf irgendeine Art den Rahmen des Gewohnten sprengte, war sogleich bezaubert.

Du, mit der enormen Begabung, wo immer nötig, eine Menge Staub aufzuwirbeln, sätest alsbald die fruchtbarste Flüsterpropaganda. Und die Saat ging auf. Nachdem du knapp zwei Wochen gewirkt hattest, ich sah dich richtig vor mir in dunklem Trenchcoat, sehr konspirativ, sehr auffällig, da konnten wir uns vor Interessenten kaum mehr retten. Anscheinend gab es mehr solcher bedauernswerter Geschöpfe, die einen ungestörten Ort für ein bißchen zweisames Vergnügen benötigten, als wir gedacht hatten. Wir vereinbarten ein spezielles Klopfzeichen mit unseren Mietern, arbeiteten schichtweise, du nachts, ich tagsüber, manchmal auch zusammen, und das Geschäft blühte.

Mein Verhältnis zu dem verschlungenen Dschungel des Geschlechtlichen war stets ein verwirrtes gewesen. Je nach Stimmung verbarrikadierte ich mich hinter halbherziger Askese oder geheuchelter Leidenschaft, zufrieden war ich selten. Das einzige, was ich mit Sicherheit wußte, war, daß ich etwas suchte, das es anscheinend noch nicht gab oder nicht mehr. Außer ein paar sehr schönen Nächten mit dir, was ich einerseits deinem geschlechtslosen Charme und deiner Intensität, andrerseits meiner übergroßen Sehnsucht zuschrieb, hatte nichts tiefere Spuren hinterlassen. Und auch diese sporadischen Liebesstunden hatten aufgehört, da wir eine Stufe erreicht hatten, so übervertraut, daß uns sexuelles Zusammensein wie ein Sakrileg vorgekommen wäre. Wir waren uns in manchen Momenten so ähnlich, daß es schon genügte nebeneinander zu sitzen, um eine Art von Lust, die sich nicht auf den Unterleib erstreckte, hervorzurufen. Oder aber gegenstandslose, gemeinsame Trauer.

Als wir unsere kleine Absteige eröffneten, hatte ich gerade meine weltverneinende und auf alles Fleischliche herabblikkende Phase. Und so manche Anflüge heimlicher Lust, verzehrten sich an sich selbst, nagten sich zum Gerippe, welches erstarrt und melancholisch in eine umschattete Geisteswelt blickte. Dieses Gerippe war meine einzige Leidenschaft. In unseren beiden Zimmern, das dritte war zur Verwaltung, als Wartezimmer und für den Kaffee gedacht, den wir den ermatteten Paaren oder auch Trios servierten, herrschte rund um die Uhr reger Betrieb. Um den Triumph über unser blühendes Unternehmen noch zu steigern, hatten wir den perfiden Einfall, uns einen Einblick in die Vergnügungen unserer Kunden zu verschaffen. So machten wir in guter alter Kriminalmanier Gucklöcher in die Wände, die im Tapetenmuster gänzlich verschwanden, und nahmen von nun an am Geschehen teil.

Was uns geboten wurde war auch durchaus sehenswert, anfangs zumindest.

Da gab es bieder wirkende Paare, die, kaum daß die Tür hinter ihnen ins Schloß gefallen war, drauflosturnten, als gelte es einen Rekord zu brechen. Schnaubende Zuchtstiere und gezwungen stöhnende Stuten. Wundgeriebene Unterleiber und zerdrückte Haut. Die Mechanik einer Ölbohranlage, einer Nähmaschine, eines Preßlufthammers. Um, kaum daß das kurze, japsende Glück erreicht war, sich wieder in die Kleider zu werfen, nach getaner Arbeit sozusagen, zufrieden, der lästigen Libido wieder Tribut gezollt zu haben.

Da gab es schüchterne, junge Paare, die vor lauter Romantik und rührender Zaghaftigkeit niemals auf ihre Kosten kamen. Die stundenlang schmachteten bis sie keine Lust mehr hatten, die sich ernüchtert anzogen und sich gegenseitig dafür haßten, daß kein Silberregen auf sie niedergegangen war oder die Erde gebebt hatte.

Es gab alternde Casanovas, die mit großer Ausdauer ein junges Stück Fleisch kneteten, bis sie endlich des Beweises ihrer schwindenden Manneskraft in Form einer Lache auf dem Fußboden ansichtig wurden. Die den teilnahmslosen Gespielinnen oder auch Gespielen jeden Preis bezahlten für ein paar jämmerliche Lustschreie.

Manche ließen sich anbinden, auspeitschen, anpissen, doch immer für Geld, denn jede Extravaganz hat eben ihren Preis. Wir hatten Schwule, ein paar Trios mit zwei Frauen, die eine lesbische Nummer abzogen, ansonsten waren die rammelnden Wochenendpaare die Regel.

Und allen gemein war diese lauwarme Verlogenheit, der jeder echte Reiz fehlte. Als brächten sie alle nur die Perversitäten mit, die Pornovorlagen, die Stellungen aus den Aufklärungsbüchern, schämten sich aber der Leidenschaft. Ganz auf Gesten, Handgriffe, auf sichtbaren Erfolg konzentriert, hätte ein Aderlaß höchstwahrscheinlich die gleiche Wirkung gehabt. So hockte ich mit bitterem Spott hinter meinem Spion, fällte vernichtende Urteile, war verletzt und angeekelt gleichermaßen, konnte kein Liebespaar mehr sehen, ohne in Gedanken obszöne und abfällige Bilder heraufzubeschwören.

Nach einigen Wochen fühlte ich mich so abgestumpft und ernüchtert wie eine Prostituierte nach einem arbeitsreichen Leben.

Um das Maß vollzumachen und aus einer angeborenen Neigung zur Selbstkasteiung, schleppte ich mich Nacht für

Nacht noch in irgendein schmuddliges Pornokino, wo die Leinwandpaare sich gegenseitig fertigmachten, Machtkampf der Genitalien, den man, der Männlichkeit zur Wonne, die sich wichsend in die Sessel drückte, stets die Männer und ihr Geschlecht, das Zepter der Herrenrasse wie es schien, gewinnen ließ. Es war demütigend, es war beinahe faschistisch, nur daß das außer mir niemanden zu stören schien. So zwang ich mich hinzusehen, bis ich selbst überzeugt war, daß so das Leben sei, ein pervertierter Geschlechterkampf, der jeden guten Keim im Dreck erstickte.

Als wir wieder einmal Schicht wechselten, hast du mich heulend im Zimmer gefunden, wie ich mit den Fäusten auf den Fußboden eindrosch. „Fickt euch doch zu Tode, ihr widerlichen Schweine!" oder etwas Ähnliches muß ich gestammelt haben, du warst jedenfalls etwas erschrocken, hast kurz nachgedacht, dann sehr bedächtig genickt und mich erstmal nach Hause geschickt. Hast nur mit leisem Lächeln mein ruppiges Zurückzucken quittiert, als du mir tröstend die Hand auf die Schulter legen wolltest. Betrübt darüber, daß ich gerade dich, deren Verständnis sich wie ein unermeßliches Schneefeld vor mir ausdehnte, zurückstieß. Mit bohrendem Haß auf diese niedrige Gattung, zu der schließlich auch ich mich zählen mußte, habe ich mich in meinem Zimmer verkrochen, mich in ein kratziges Nachthemd geflüchtet, den Raum verdunkelt und ein Wochenende lang nur von Wasser, Brot, ein paar Oliven und Ekel gelebt. Stundenlang lag ich auf dem Bett, hörte klassische Musik, beobachtete die Licht- und Schattenspiele auf der Decke, und versuchte, den kreischenden und flüsternden Stimmen, die sich in mir Luft machten, zu lauschen. Ich wollte gerne ein körperloser Märtyrer werden, ich wusch mich mindestens dreimal am Tag, schrubbte mir die Haut rot, stand mit entrücktem Blick am Fenster, ohne mit mir ins Reine zu kommen. Endlich wurde mir meine eigene Nähe zuviel. Die Luft im Raum war stickig von uferlosen, vergifteten Gedanken, außerdem fühlte ich mich sehr verlassen. Die Tatsache, daß diese meine Schwäche mich wieder dem kopulierenden Ungeziefer in die Arme trieb, machte mich fast irrsinnig, und doch suchte ich mit knirschenden Zähnen wieder unser Etablissement auf. Dort überwältigte mich die Freude dich wiederzusehen derart, daß ich dir schluchzend um den Hals fiel, um eine Weile hingebungsvoll an deinem Ohr zu saugen, was du mit einem stillen Lächeln über dich ergehen ließest. Ich beschloß daraufhin, meinen Dienst wieder aufzunehmen, und bewaffnet mit aller Liebesliteratur, die ich auftreiben konnte, und die ein Gegengewicht zu dem, was sich in unseren Zimmern abspielte, bilden sollte, zog ich mich zurück. Ich verschanzte mich hinter Ovid, Baudelaire, Rimbaud, griechischen Elegien, sogar Marquis de Sade und Villon versöhnten mich wieder, da sie den magischen Grundstoff, diese kannibalische Gier kannten, welche den turnerischen Übungen unserer Kunden völlig abging. Da ich außerdem das Guckloch standhaft ignorierte, war mein Gleichgewicht bald wieder hergestellt, bis es schließlich so gänzlich aus den Fugen geriet, daß es sich nie mehr ganz einstellte.

Das war, als ein junger Mann, der eine Art großen Geigenkasten bei sich hatte, uns zum ersten Mal besuchte. Ich, die ich mir angewöhnt hatte, alle Besucher mit abschätziger, gönnerhafter Arroganz zu behandeln, war zuerst sehr befremdet durch sein schlichtes, freundliches, dabei verschlossenes Auftreten, so als bewege er sich unter einer Glasglocke, wohin weder meine Kaltschnäuzigkeit, noch meine Worte, je würden vordringen können. Außerdem war er allein, was an sich schon seltsam genug war, da kein Mensch für vier Stunden ein Zimmer mietet, wenn er nur onanieren oder irgendeiner Art von Fetischismus frönen wollte. Der junge Mann aber, sehr schlank, bläuliche Ringe unter den Augen, blaß, mit den bedachtsamen Bewegungen eines Tiefseetauchers, die nur unterbrochen wurden, wenn er sich ungeduldig durchs wirre Haar strich, der junge Mann mit dem undefinierbaren Blick bestand auf einem Zimmer. Er würde, wie er seufzend meinte, auch gerne den doppelten Preis zahlen, wenn es denn sein müsse. Er wirkte fast ein wenig angeödet, ganz so, als seien ihm derlei Schwierigkeiten schon einige Male gemacht worden. Ich verneinte schnell, entschuldigte mich überschwenglich, gab ihm den Schlüssel, sah seine schmale Rückansicht mit dem Koffer im Zimmer verschwinden. Dann stürzte ich zu dem Guckloch, wo ich atemlos und etwas beschämt abwartete. Eine ganze Stunde lang klebte mein Auge an dem Spion, eine Stunde, die sich in nichts auflöste. Ich setzte mich auf einen Stuhl, fragte mich, warum meine Arm- und Schultermuskeln so zitterten, meine Hände, warum meine Augen so naß waren. Ich legte den Kopf auf meine Knie und schloß die Augen.

Der junge Mann öffnete seinen Koffer, entnahm ihm ein glänzendes Saxophon, das er andächtig in den Händen hielt und betrachtete, dann legte er sich angezogen auf das Bett, öffnete lediglich die obersten Hemdknöpfe, legte das Mundstück des Instruments an seine Schläfe, spielte eine stumme Melodie auf den Tasten, wobei er in imaginärem Rhythmus den Kopf und die Schultern bewegte. Zwischendurch schloß er angestrengt die Augen, als komponiere er, als suchte er nach der Stimme des Instruments, vielleicht träumte er auch.

Er ging im Zimmer auf und ab, stellte das Sax mal in die eine, mal in die andere Ecke. Er betrachtete es aus allen Winkeln, legte sich wieder aufs Bett, hielt das Saxophon an seine Brust gepreßt, als wolle man es ihm stehlen. Er atmete schwer, dann schlief er ein.

Das war der Zeitpunkt gewesen, an dem ich mich so verstört abgewandt hatte. Nun saß ich hier und konnte keinen klaren Gedanken mehr fassen.

Nach einer Weile drangen leise, zaghafte Töne zu mir herüber, die seltsam fragend klangen, so wie die Stimme eines Kindes erst einmal ruft, um nachzuforschen, ob jemand in der Nähe ist, bevor es wagt, Lärm zu machen. Die Töne steigerten sich, wurden zu einer Melodie, plätscherten zu mir herüber, liebkosten und strapazierten meine Nerven.

Von nun an war ich gefangen in einem Gespinst aus Klängen und Tönen. Ich schmeckte den Klangfarben nach, ich träumte in Klängen, geschüttelt von Gänsehaut und süßem Schauder.

Er kam nun täglich, und jedes Mal verließ er das Zimmer zufriedener als zuvor, ein bißchen traurig auch, so schien es, daß er es schon verlassen mußte. Wir sprachen wenig, als hätten wir einen Pakt geschlossen. Es herrschte ein Einverständnis, das, wenn auch stumm, so doch innig war, und obwohl er sicher ahnte, daß ich ihn beobachtet hatte, was ich noch ein Mal, dann nie wieder tat, schien es ihn nicht zu stören.

Er hielt das Saxophon umklammert, als wollte er es erwürgen, so fest, daß die Halssehnen hervortraten, so fest, daß der goldene Bogen seinen ganzen Schmerz ins Zimmer heulte.

Er streichelte es wie ein Liebhaber, ging in die Knie, sandte mit geschlossenen Augen die zartesten und zitterndsten Töne in den Raum. Er ging auf und ab, das Sax röhrte und jaulte, als wäre es sein Geschlecht, das er streichelte und marterte, das er an sich preßte, wenn er während einer Atempause erschöpft auf dem Bett lag und es nur betrachtete, wie etwas, das er nicht begriff. Dieses trotzige und abwesende Gesicht, das nichts wollte, als für immer mit seinem Sax in diesem Zimmer eingeschlossen zu sein, diese schmerzhaften, ziellosen Töne nach draußen zu senden.

In mir richteten sie ein regelrechtes Blutbad an. Ich wollte es trösten, sein Geschlecht, ich wollte ihn berühren, ihn, sein Saxophon, was wahrscheinlich dasselbe wäre.

Ich wollte alle Töne auffangen, meine Zähne in seinen, während des Spielens zitternden Rücken schlagen. Mich für immer einschließen lassen in seinen schwarzen Koffer.

Doch er ging immer weg, mit diesem wissenden Lächeln, das mich verrückt machte, zerrte meine Gedanken, meine Energie hinter sich her wie ein Trupp Kettensträflinge. Ich verstand, daß er für niemanden erreichbar war, sein wollte, ich fühlte mich schon sicher, wenn die Töne von nebenan in sanften Spiralen in meine Ohrmuscheln drangen.

Und dann ging alles viel zu schnell, als daß es mir gelungen wäre, wieder einen klaren Kopf zu bekommen. Da du auf Reisen warst, mußte ich den Dienst allein besorgen, was mir auf schlafwandlerische Weise auch gelang. Da ich ihm inzwischen auch den Schlüssel gegeben hatte, sodaß das eine Zimmer fast permanent von seinem Spiel besetzt war, gab es recht wenig zu tun für mich. Ich konnte meinen Tagträumen nachhängen, lauschen, mich immer mehr auf diesen einen Kontakt reduzieren, lauschen.

Bis ich eines Morgens unser Haus umstellt sah von Baggern und anderen brüllenden Maschinen, einer kleinen Menschenmenge, die dem Abriß sensationsgierig beiwohnte. Ich sah, wie die riesige Eisenkugel fast in Zeitlupe die Mauern zertrümmerte. Das Datum, durchfuhr es mich, das Datum! Ich hatte den Termin des Abbruchtages völlig vergessen. Mit berstenden Schreien, dem Gescheppper von Eisen und dem Dampfen und Jaulen der Bagger, fiel das Haus in sich zusammen, mit einem letzten Seufzen, heiser, wie jemand, der sich in sein Geschick ergibt.

Dann war der Spuk vorbei, die Gaffer zerstoben, die Maschinen schwiegen. Übrig ein trauriger Trümmerhaufen. Hier und da glitzerten Überreste unserer Magiehöhle, Flitterfetzen, Reste von Möbelstücken, zerfetzte Matratzen, aus denen Innereien quollen. Ich war eine dieser verblichenen, geschändeten Matratzen, aus denen die Holzwolle quoll. Ich wartete bis der Schreck und der Schmerz soweit aufhörten, daß ich mich wieder bewegen konnte, Sand knirschte zwischen meinen Zähnen. Ich kletterte und stolperte durch die Trümmer, denen niemand mehr ansah, daß sie einst ein verzaubertes Innenleben gehabt hatten. Alles was ich an Fetzen und Bruchstücken wiedererkannte, steckte ich in meine Taschen. Dann sah ich dieses kleine Stück schwarzes Leder, meine Gedanken ratterten, ich ließ mich auf die Knie fallen, saß eine Weile seltsam ruhig, ließ Bilder durch mein Gehirn wandern, dann machte ich mich an den Abstieg. Außer einem schwachen Gefühl in den Kniekehlen spürte ich fast nichts, die Lederfetzen und ein paar Überreste seiner Kleider, die ich wiedererkannte, ließ ich liegen. Irgendwo schrien sterbende Tiere.

Zuhause wartete ich nur darauf, daß du von deiner Reise zurückkämst, um mich wieder aufzuwecken, mich zurechtzurücken. Das Warten war so anstrengend, daß ich nichts tat außer schlafen oder in den Zeitungen fieberhaft nach irgendeiner Vermißtenanzeige zu suchen. Natürlich fand ich keine. Zumindest, so sprach ich zu mir, war er für immer versteckt und verborgen, wenn er Glück gehabt hatte, mit seinem Sax im Arm.

Die Welt in jenem Sommer oder Nachgesang auf einen überlebten Tod

Eine schwarze Sonne, die hinter den Horizont flüchtete – sah ich nur noch, in jenen Sommertagen, da das Phantom Liebe ein dürres Gespenst wurde und dahinschwand und mein Leben eine Ruine, die in sich zusammenzustürzen drohte. Mehr oder minder drastisch. In jenen Sommertagen war es, da ich ihm begegnete. Die ersten Eindrücke waren die von Licht und Kraft. Von Sonne.

Die Augen wund und rot von Tränen, kleiner Idiot Mensch, der ich war, zum wiederholten Male gestrauchelt, das Herz ein verbissen pumpendes Ding, Wahnsinn im Nacken und Leere vor Augen, ein Fatalismus, der jeden Morgenkaffee zum Schierlingsbecher machte, so traf ich ihn das erste Mal.

An einem Sommermorgen, heiß im Freien und brütend in der Halle der Körperertüchtigung. Ich sah ihn. Nässe auf den Schulterblättern und Schimmer auf den Armen, unter denen die Muskeln tanzten. Eine Rückenansicht nur, eine hoffnungsvolle Landschaft.

Ich sah seine Gestalt in den Spiegeln verdoppelt, ich sah seine Bewegungen und taufte ihn im stillen Tiger, denn er näherte sich den Dingen und Menschen wie einer Beute. Den Nacken vorgeschoben, den Kopf etwas gesenkt. So näherte er sich auch mir. Prinzessin aus Eis und Haß. Jeder Mensch, mit dem zu reden ich gezwungen war, glich einem Frontalunfall, und doch. Das Blau dieser Augen war von einer Fremdheit, die den Atem raubte.

So weit entfernt, unerreichbar, so gefährlich. Der Angler hatte den Haken geworfen, doch ich straffte das Rückgrat und biß nicht zu. Das Blau durch die hohen Fenster der kargen Halle hätte sich besser verbergen sollen, so unscheinbar war es neben diesen Augen, so gewöhnlich. Dann Worte – ewiges Gerüst pirschender Menschenwesen. Geißel und Gunst, ewiges Mißverstehen.

Die Augen dagegen... Ich verbringe die Tage mit alten Freunden oder zwischen ihnen. Ein Schemen, in alte

Gewohnheiten gekleidet. Ein abgezogener Kadaver in Leder und Samt. Das rote Haar, eine Fackel, die am Erlöschen ist, am Verblassen. Mit jedem Tag, da dieses schleichende Hinscheiden andauert.

Sonne – alles, was ich an Schwärze und Schwermut bin in diesen Tagen, ist er an Licht und Kraft, zumindest scheint es mir so. Allein wie ich bin, bin ich frei. Befreit von Illusionen, befreit von gewohnten Ritualen und Amüsements, selbst von Freunden. Befreit.

Frei zu tun, was ich will. Wo ich noch zögerte oder ängstlich war, gibt es kein Hindernis mehr, keine Angst. Ich laufe in diesen Sommer wie in ein offenes Messer. Die Schneide ist blond und scharf.

Seinen linken Oberarm ziert ein flammend buntes Tattoo, das mir in den Augen brennt. Sein Messer, silbern und schwarz und von schöner Form, das er stets bei sich trägt, lerne ich schon zu Anfang kennen. Eine Reliquie, die uns zusammenführt, die mir vertraut ist.

Oft kommen wir uns um die hohe Mittagszeit auf der hitzeflirrenden Straße entgegen. Oft wende ich den Blick ab oder trage eine schwarze Sonnenbrille. Oft durchschwitze ich meine leichte Kleidung in Sekunden, oft berühre ich die Ausbuchtung des Messers in seiner Hosentasche. Wir sehen uns öfter und öfter.

Tintenschwarze Nacht. Tief ins Moor sinken, das glucksend über uns zusammenschlägt. Klamm sind die Laken und verschwitzt. Zigarettendunst hängt im Raum. Die Sonnentage sind den Nächten gewichen. In der zähen Atmosphäre zusammengedrängt wie Ertrinkende, der schwere, muskulöse Körper an ihren weißen Rücken gedrängt, der noch im Schlafen nachbebt, so überfällt sie das Aufflammen des Morgens, und das Blau, fremd, weltfern, als er die Augen aufschlägt. Ihre dagegen brennen und tränen, als seien sie mit Gin gefüllt. Ihre Schläfen pochen, als sie den Kopf hebt und ihn betrachtet. Das kurze, blonde Haar, die Nackenlinie, das Erwachen der Muskelstränge unter der Haut, als wären es lebendige Schlangen.

Das vom Sturm gebeutelte Boot dieser Nacht ein weiteres Mal nicht gekentert, denkt sie und faßt nach seiner Hand, welche die ihre sofort umschließt. Die Körper sind schwer wie Blei von den Alkoholexzessen, der Nacht, dem Rauch und dem klebrigen Film wirrer Gespräche. Erinnerungsfetzen, die schwarze Löcher aufweisen. Doch als der Blick über den blutigroten Flor des Teppichs streift, tauchen hie und da Requisiten auf, die dem Erinnern auf die Sprünge helfen. Er stöhnt und zieht sich das Laken über den Kopf.

Das Tageslicht wird langsam zur Qual, und wie ihre Augen wieder aussehen im Spiegel, will sie gar nicht wissen. Sie brennen wie Feuer, ebenso wie die Kehle, die eine einzige wunde Röhre ist. Sie schluckt schmerzhaft und fühlt erneut den kalten, harten Lauf des Revolvers in ihrem Mund, den metallenen Geschmack auf der Zunge, den Schmerz, als der Stahl den Gaumen aufreißt. Das Geräusch des Entsicherns, ein göttliches, mechanisches Klicken. Das Entsetzen und die heiße Freude daran.

Sie hört aus dem Zwielicht wieder seine heisere und verlangende Stimme, fühlt die Waffe über ihre Augen gleiten, den Lauf an ihrer Schläfe halt machen. Ein Liebkosungsobjekt geradezu und ein Versprechen, das sie ihm in der Hitze der Tage abgerungen hat, einem Paradies aus Fleisch und Wirrnis und fast nicht vorhandener phantasierter Zukunft. Wie ein zu spät gekommener Sommerkindertraum. Süß und kurz.

Sie sieht seinen übergroß erscheinenden Schatten über sich kauern, und ihre Hand, die an seinen Rippenbögen entlangklettert. Ihre Begierde ist grenzenlos und die Möglichkeiten erschreckend. Wieder und wieder fährt die Waffe an ihrem Körper entlang, bis sie, Lauf an Lippen, einen letzen Kuß tauschen. Sein heißer Körper über ihrem zusammensinkt und der Schlaf sie wie ein Fausthieb überwältigt. Irgendwo zwischen den Laken liegt die Waffe, ebenfalls schlafend in schwarzer und silberner Anmut, ein einziges schwarzes Auge auf die Schlafenden gerichtet.

Das Erwachen bleibt ein unerklärtes Wunder. Sich wiederzufinden zwischen vertrauten und harmlosen Dingen. Dem Schreibtisch, dem Bett, dem Bücherregal, den Weingläsern am Boden.

Den Kopf, die schmerzende Stirn in die Kuhle zwischen seinen Schulterblättern gepreßt, flüstert sie einen Morgengruß. Die schmerzenden Glieder verlangsamen das Liebesspiel in eine Art Unterwasserballett zwischen roten Satinlaken. Vergleichbar den trägen, doch innigen Bewegungen eines

Haifischpärchens vielleicht. Der Kaffee, den er ans Bett bringt, ist stark und bitter genug, um die ersten Schleier zu vertreiben. Die erste Zigarette glimmt zwischen seinen Fingern, als er ihr einen Spaziergang vorschlägt. In der letzten Sonne des Herbstes, im Zwielicht der verfärbten Blätter den Geruch feuchter Erde zu atmen. Das klingt verlockend und so außergewöhnlich aus seinem Mund, daß ihr wohlig erschöpfter Körper zu zittern beginnt. Brauner Kaffee sich über rote Laken ergießt. Er lächelt nervös und sein Auge funkelt wie im Fieber. So kleiden sie sich an, nicht ohne Bedacht. Fasziniert beobachtet sie, wie er seine schweren Stiefel schnürt, sorgfältig nach jeder Öse nachzieht. Sie selbst kleidet sich in schwarze Breeches und ein frisch gebügeltes, weißes Hemd mit Spitze. Die ganze Szene ist von einer Feierlichkeit, die sie gleichzeitig ängstigt und erregt. Wie lange sie sich nun eigentlich schon kennen, will er plötzlich wissen und grinst. Sie grinst zurück und meint, daß es sich im Grunde nur um die beiden letzten Sommermonate, sowie diese ersten beiden Wochen des beginnenden Herbstes handelt. Verschwommene Zeiten zwischen Licht und Moor. Ganze Weltreiche sind schon in kürzerer Zeit gestürzt worden. Warum also nicht auch sie.

Nippt am Kaffee und blickt liebevoll auf ihre kleine Einmannarmee, die sich gerade die Wildlederjacke überstreift und den Blick wegstiehlt auf die wohlgeformte, breite Brust, welche ihr morsch gewordenes Leben nun so gänzlich aus den Fugen gerissen hat. Sie war stets eine Jägerin gewesen, eine von der Art, die nicht zimperlich vorgeht. Das einzige, was zählt ist die Jagd – war ihr Wahlspruch gewesen. Nun hatte die Jagd ein Ende, das begehrte Wild sich zum Wilderer gemausert, und die Beuterolle steht ihr wohl zu Gesicht.

So machen sie sich auf, in schwerem Schuhwerk den herbstlichen Wald zu erkunden. Die vordergründige Stille ist erfüllt vom Rascheln des Blattwerks, dem leisen Zirpen der Vögel und Insekten. In der Ferne hören sie das hastige Klopfen eines Spechtes. Dann ganze Krähenschwärme, die über ihren Köpfen hinwegziehen. Die Profilsohlen seiner Stiefel zeichnen eine lebhafte Spur auf den weichen Waldboden, der bedeckt ist mit Nadeln und Blättern. Die Luft tut wohl, ebenso der Anblick seiner Gestalt, seiner Entschlossenheit. Sie hängt sich wie müde an seine Schulter. So driften sie eine kleine

Strecke vom Weg ab, straucheln im Unterholz und fallen tatsächlich zu Boden, genauer ist es sie, die ihn mit sich zieht.

Dann liegen sie Gesicht an Gesicht auf dem moosigen, leicht feuchten Grund und atmen schwer. Das Geschrei der Krähen wird ohrenbetäubend, das Rauschen in den Bäumen, das Rauschen des Blutes. Ganze Ewigkeiten vergehen, in deren Verlauf das eine oder andere Insekt ihr Gesichtsfeld passiert, während sie liegen und schweigen. Währenddessen sie immer wieder das verhangene Grau des Himmels über sich gegen das Blau seiner Augen abwägt.

Schließlich erhebt er sich brüsk, wischt sich den Sand von den Kleidern, geht ein paar Schritte und bleibt dann stehen. Sie erhebt sich träge in Hockstellung und läßt den Kopf in den Nacken fallen. Die Welt ist eine Symphonie aus Himmel, Vogelgeschrei und sanftem Wind und eine reine, wilde Lebenslust bringt ihre Augen zum Glänzen. Sie spürt, daß er wartet, ebenso entrückt, und erwidert seinen Blick wie im Traum. Vögel fliegen auf. Dann hört sie das Entsichern der Waffe.

Der Rest ist Erinnerung.

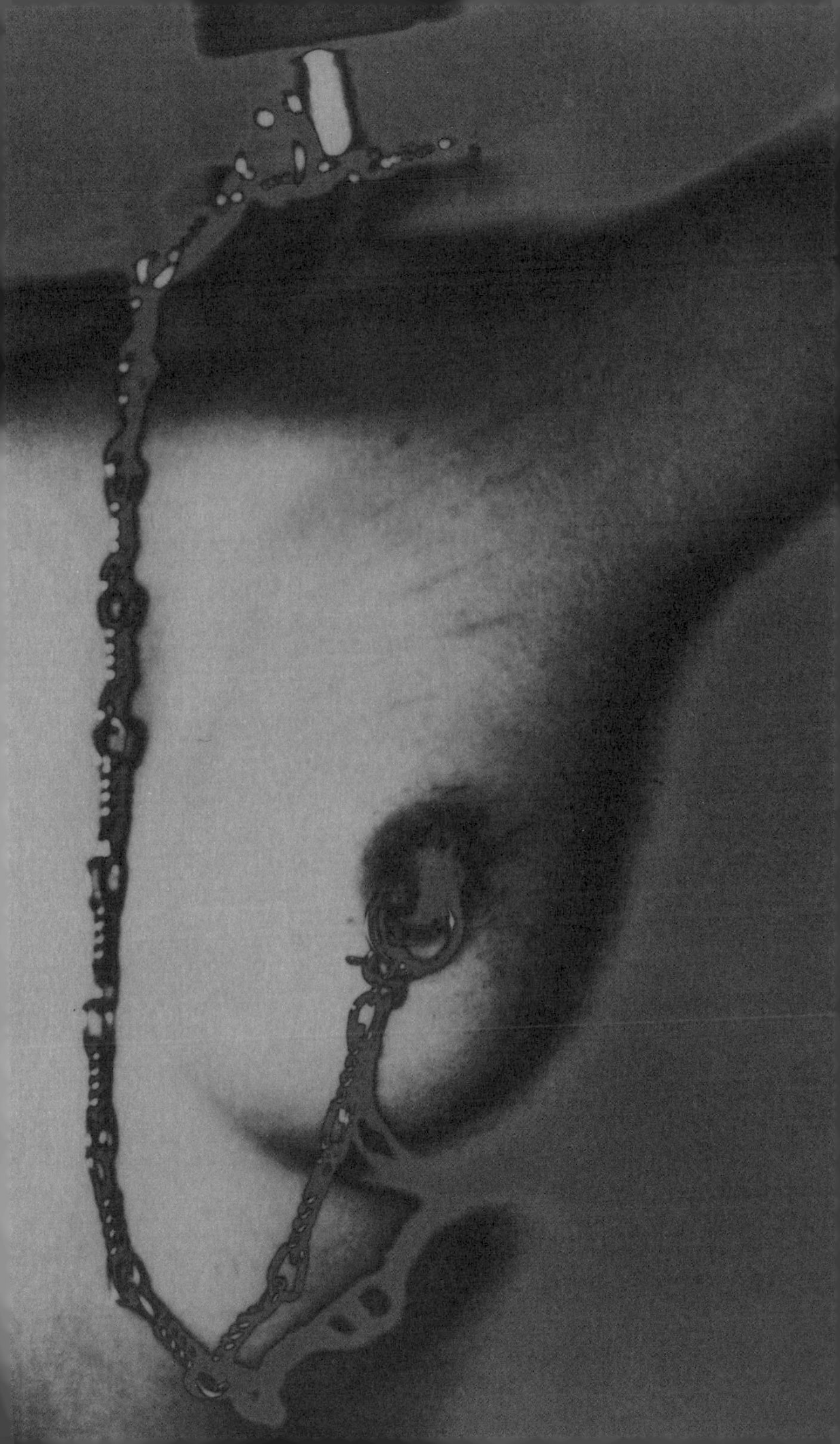

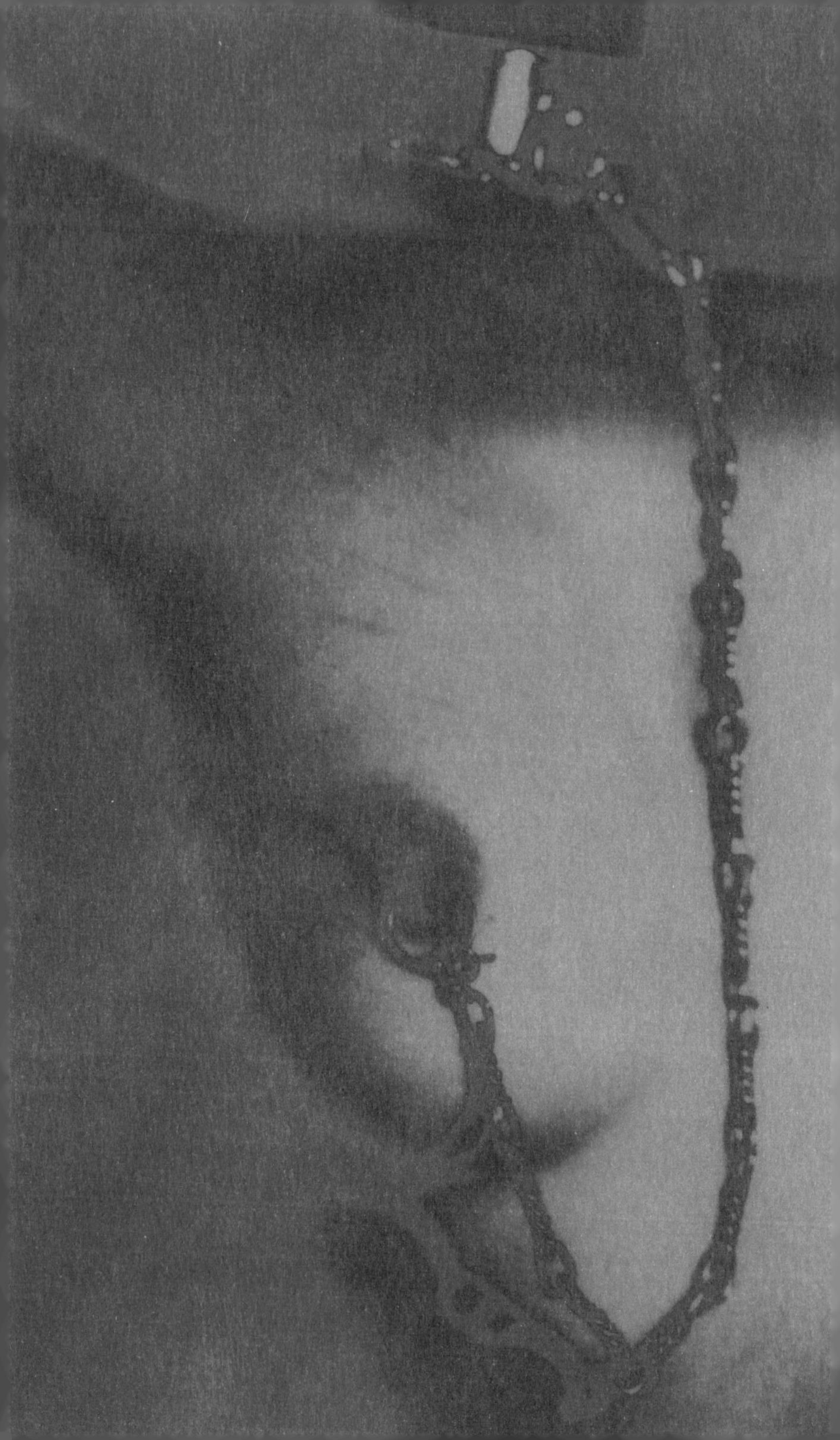

Der Käfig

Das Seltsamste an ihm, so dachten die Leute, sei sein Name. Herr Severin. Aus dem Wortstamm sever, im Englischen „severe“, gebildet, was soviel bedeutet wie ernst, streng, hart, schmucklos, rauh, herb und so fort. Die Leute irrten. Es stand um diesen speziellen Herrn weit seltsamer. Kaum einer kannte die literarische Herkunft dieses Namens, Severin, Schlüsselgestalt eines erotischen Klassikers des 19. Jahrhunderts, einem ebenfalls sehr speziellen Thema gewidmet, und überhaupt niemand wußte, daß Herr Severin sich seinen Namen standesamtlich und durch beträchtlichen, finanziellen Aufwand angeeignet hatte, bürokratisch, wie so etwas eben geht heutzutage. Es war ihm ein immenses Anliegen gewesen, da er den Wahlnamen so weitaus angemessener fand, als seinen etwas banalen Familiennamen, den er zu vergessen hoffte.

Ansonsten war Herr Severin nach außen hin ein eher unauffälliger Mensch, etwas verschroben, nicht gerade gesellig, dabei immer höflich zuvorkommend, wenn auch nicht gerade anziehend symphatisch. Um ihn her war das Fluidum einer sanften Distanz, die kaum jemand zu durchbrechen begehrte. Er war, so die Damenwelt, das, was man ohne Vorbehalte einen Kavalier der alten Schule nennen konnte. Einige fanden ihn dagegen schlichtweg verstaubt, das Pendant zu einer alten Jungfer eben. Altertümlich. –

Und damit lagen sie gar nicht so falsch, denn Herr Severin war der Vergangenheit in ganz besonderem Maße zugetan, führte er doch das Leben eines Schloßherrn. Nach Feierabend zumindest.

Seine Erwerbstätigkeit stoisch hinnehmend, eine eintönige, triste Beschäftigung, die sich mit Technik, Zahlen und Kleinkrämereien befaßte, war Herr Severin privat ein anderer.

Wenn er abends den Flor des Banalen ungeduldig von seinen Schultern schnippte, um durch die Dämmerung zu eilen, seiner Behausung zu, wurde er ein anderer, wurde er endlich wieder er selbst.

Angekommen in der Residenz, der Trutzburg, pflegte Herr Severin die Tür mit Schwung hinter sich zuzuschlagen, sich einen Moment an die Wand zu lehnen und die Augen zu schließen, wobei ein langgezogenes Seufzen seinen Lippen entschlüpfte. Die häßliche Aktentasche entfiel seinen Händen, er löste den obersten Kragenknopf, wechselte das schlichte Jacket gegen eine auffällige Hausjacke, aus besticktem Brokat, und begab sich dann in die Küche, um ein kleines Abendmahl zu bereiten, während der berauschende Klang italienischer Opernarien sich im Raum verbreitete. Herr Severin stimmte sich ein auf einen weiteren, einsamen Abend, dessen Choreographie eine immergleiche, strenge, wenn auch selbstinszenierte war.

Er machte sich etwas frisch, aß, danach trank er einen Port und rauchte eine Zigarre. Der spätere Abend sah ihn am Schreibtisch. Vor ihm türmte und ringelte sich das, was er den Rohstoff seiner Träume nannte, Arbeitsmaterial für Visionen aus Tüll, Stoffen, glitzernden Borten, Fetzen von Pelz, Spitzen. Da standen Gläser mit Perlen, mit Knöpfen in allen Farben & Formen. Da fand sich Seidiges & Grobes.

Mit so bescheidenen Mitteln wie Schere, Klebstoff und hie und da etwas Faden, gelang es Herrn Severin Bilder von Göttinen zu fertigen, Collagen von großem Reiz, die er später in Rahmen spannte, um mit ihnen die Wände zu bevölkern. Herrn Severins Collagen stellten ausschließlich Frauen dar, Heroinen, Alpdruckengel, denen seine ganze Verehrung galt, und die schaffen zu dürfen ihm das Leben verschönte.

Dem aufmerksamen Beobachter wären bei dieser Gelegenheit Herrn Severins Hände aufgefallen, die biegsamen, flinken Finger, die so geschickt und mit zärtlicher Andacht den Stoff bearbeiteten, Spitze berührten oder einen Knopf ins Licht hielten. Die blassen, schmalen Hände eines Ästheten, eines Melancholikers auch. Im Licht eines mächtigen Kristalleuchters, der den Besatz auf Herrn Severins Weste glitzern und funkeln ließ, bot seine Gestalt einen fremden und reizenden Anblick. In dieser seiner Residenz, die in keinster Weise mehr der einfachen Dreizimmerwohnung glich, die er einst bezogen hatte.

In monatelanger Arbeit, penibler und grober, war es ihm gelungen, zumindest einer seiner Visionen annähernd Gestalt zu verleihen. Er lebte in einer Umgebung, die jeglichen Zusammenhang mit der gegenwärtigen Wirklichkeit leugnete. Einer Mischung zwischen spätem Barock und frühem Mittelalter.

Mahagonigetäfelt die Decke, die Wände aus grobem Putz und Backsteinimitat. Der Kamin, ein steinernes, marmornes Ungetüm, das man in einer Stadtwohnung niemals vermutet hätte. Auf einem Messingständer klimperte in zarten Reihen gußeisernes Schürbesteck.

Spiegelndes Parkett der Boden, auf welchem sich gleich fremdländischem Getier die schweren Ebenholzmöbel tummelten, wenige, aber eindrucksvolle Stücke auf Löwentatzen. Roter oder dunkler Samt verhüllte bodenlang die hohen Fenster, welche die Straßenaussicht aussperrten. Aus den Wänden hier und dort, wie verschlungene Arme, Kerzenleuchter, die einer nach dem anderen, wenn es dunkelte, entzündet wurden und ebenso gelöscht. Es waren derer annähernd zwanzig. Hohe, in die Wand eingelassene Bücherregale enthielten Herrn Severins reichhaltige und sorgfältig ausgewählte Bibliothek. Die geheimnisvollen und noblen Titel verliehen der Umgebung ein Zusätzliches an Adel. Marmor, Kristall, schweres Holz, alte und edle Stoffe, kein Detail war unwesentlich für Herrn Severin. Vom Briefbeschwerer aus rotschwarzem Marmor über die Standuhr bis hin zu der einzelnen, weißen Lilie neben seinem Bett, fügte sich eins ins andere und ergab einen Gesamteindruck, vielmehr einen Hauch, einen Duft, ein Flair, das jeden in Erstaunen und Bewunderung versetzt hätte. Und doch hatte diese wundersamen Räume noch kaum je ein Mensch betreten.

Es war nicht mehr Geselligkeit oder intellektuelle Zerstreuung, was Herr Severin suchte, es war mehr, es war etwas Besonderes, und ziemlich aussichtslos. In goldenen Rahmen die Augen seiner Damen, seiner Engel sahen ihn an. Einzig sie nahmen Anteil, spendeten Trost und hielten seine schwächer werdende Flamme am Lodern.

Die Einsamkeit eines Landlords am Tag vor dem Angriff auf seine Burg, dachte Herr Severin, sah ins Kaminfeuer und legte den Kopf in die Hände. Eine noble, aber nichtsdestotrotz würgende Einsamkeit. Sein Blick verirrte sich in den bizarren Sammlungen seiner Kleinodien. Im stählernen, kantigen Muster der Dolche und Messer, aufgereiht an eisernen Haken. Da hingen all die Gerätschaften, die ihm heilig waren, Schwerter, Äxte, Reitgerten und Geschirre. Scharfkantige, grausame Insignien, die ihm heilig waren, von denen er sich aber auch gerne manchmal eines durch die Brust getrieben hätte, wäre er der Mensch dazu gewesen.

An manchen Tagen war alles in ihm eine einzige Klage, dann hielt er über der Arbeit an seinen Collagen inne, zerknüllte ein Stück Band, und begann, ziellos in der Wohnung umherzuirren wie in einem Käfig.

Manchmal verfluchte er seine Passion, die doch das Wertvollste an ihm war, wie er meinte. Seine geheimnisvolle Passion, die ihn zum Bewunderer und Sklaven großer Damen machte, einem Verehrer von Messer & Rose, seine grausame Passion, die ihn der Schönheit hätte näherbringen sollen und die ihn doch, wo er ging und stand entwürdigte und in schmähliche Situationen brachte. Ein Bann liegt über mir, sagte sich Herr Severin, ein tiefer Schlummer, der nur durch das Peitschenknallen einer großen Herrin beendet werden könnte. Erlösung ist's auf was ich hoffe. Es gab Zeiten, da alles in ihm überkochte und nach außen drängte, bis er es nicht mehr aushielt in seinem selbstgewählten Exil. Dann begab er sich in tarnfarbenem Mantel und angetan mit Scham in eines der einschlägigen Kinos, wo die sogenannten „blue movies“ gezeigt wurden. „Blue“, auf englisch traurig, trist, genau das waren sie. Traurig vorbeiflimmernde Filme, in welchen Herren & Sklaven agierten, welche durchschaubar & übertrieben posierten, sich dümmliche Dialoge lieferten, unglaubhaft stöhnten, während sie sich gegenseitig in allen nur denkbaren Leibesöffnungen herumstocherten. Das Ganze begleitet vom mühselig unterdrückten Masturbiergeräusch einer der armseligen Gestalten im Publikum.

Das Einzige, was in Herrn Severin stocherte, war ein glühender Dampfhammer aus Elend & Zorn, und der stocherte ihm direkt ins Herz, wenn er angeekelt und entsetzt über sich selbst aus dem dunklen Kinoraum stolperte, darauf bedacht, nicht auf widerlichem Unrat auszugleiten.

An solch abgründig schrecklichen Tagen gelang ihm des

Abends nicht einmal mehr seine Arbeit, das stille Schaffen an seinen Bildwerken. Im Gegenteil, er verspürte dann oft Lust, sie allesamt in ihrer unwirklichen und anmaßenden Schönheit zu zerschmettern, zu zerfetzen, sein Wasser über ihnen abzuschlagen. Aber über dieses Stadium der Verzweiflung war er bereits hinaus, sagte sich der zynischere Herr Severin.

Früher hatte er noch geheult und geschrien, Dinge zerhackt, um die es ihm hinterher bitter leid getan hatte. Sich auf dem Boden gewälzt wie ein Tier, sich die Nägel ins Fleisch gekrallt und unsinnige Verwünschungen ausgestoßen, um dann erschöpft auf's Bett zu sinken, all das hatte er getan. Früher.

„Ich bin so müde, ich bin so angeödet, ich könnte tausend Jahre schlafen ...", hieß der Refrain eines der wenigen zeitgenössischen Lieder, die Herr Severin schätzte, da es den Kern traf.

„Doch tausend Träume würden mich wecken, Farben aus Tränen gemacht." Auch das war wahr.

Der einzige Luxus an Gefühlsausbrüchen den er sich noch gönnte, waren einige schlichte Tränen, die er zumeist über seinen Stoff- und Pelzdamen zu vergießen pflegte oder das eine und andere Glas Gin zuviel.

In der Zeit seiner Liebschaften, denn auch Herr Severin hatte solche sein eigen genannt, hatte er öfter emotionale Ausfälle gehabt, zumindest einen emotionalen Anlaß.

Einer dieser Anlässe, oder besser der einzige Anlaß von tieferer Bedeutung war Margret gewesen. Eine kleine, kräftige, sehr selbstsichere Person, nicht ohne Humor, die sehr wohl wußte, was sie wollte. Eine moderne, bodenständige Frau, nicht ohne Koketterie, die zupacken konnte, wenn ihr etwas gefiel. Und Herr Severin hatte ihr gefallen. Erdig war sie, hatte er immer gedacht, eine archaische Erdgöttin, dabei von scharfem Verstand und ohne Heuchelei. Wie er sie verehrt hatte! Und sie hatte aus ihrer Neigung für ihn ebenfalls keinen Hehl gemacht, im Gegenteil. Er erinnerte sich an sonnige Tage, an Radtouren mit Picknick. Er sah sich ausgelassen lachen, wie er selten zuvor und niemals mehr danach gelacht hatte. Er erinnerte sich an sentimentale kleine Momente, da im Dunkel eines Kinosaales sich ihre Hände gefunden hatten. Ganz wie in Teenagerjahren. Seine Verlorenheit, seine exzentrischen

Angewohnheiten, seine stille Melancholie, all das, was ihn von seinen Mitmenschen trennte, hatte sie geschätzt. Ganz besonders seine Engel & Damen in ihren Rahmen aus goldenem Holz. Gemeinsam hatten sie das Geheimnis seiner Räume belebt und zelebriert. Im Erinnern erschien es Herrn Severin wie eine Aneinanderreihung schwereloser und wunderbarer Abende. Die Zweisamkeit in der Dämmerung, welche er so schätzte oder das Brust an Rücken eines gemeinsamen Schlafes. Auch zwischen den Laken, die bekanntlich die Welt bedeuten in den meisten menschlichen Beziehungen, war Margret erfrischend anders gewesen. Forsch, fast dominant, doch ohne es zu forcieren. Niemals hatte sie von Herrn Severin verlangt „den Hengst zu machen“, wie er es abschätzig nannte, ihre Liebeskünste gingen über dieses stoßweise Ineinanderhaken von Genitalien weit hinaus. Diese Onanie zu zweien, wie es ihm immer vorgekommen war, die jeder Würde, jeder Zweisamkeit entbehrte, wo doch immer geschrieben steht: Und sie wurden ein Fleisch ... Der blanke Hohn, dachte Herr Severin auch heute noch. Mit Margret dagegen – er wußte wohl, was es bedeutete heutzutage und unter herrschenden Umständen eine starke Frau zu sein. Entweder die Männer hassen, meiden oder beweihräuchern einen, wenn nicht alles zugleich. Nichts ist unheimlicher, als eine Frau, die weiß, was sie will, speziell, was erotische Belange angeht, und nichts flößt Männerherzen, und seien sie noch so muskelgestählt, mehr Furcht ein, wenn nicht gar Potenzängste. Margret hatte ihm da einiges erzählen können, und er hatte sie zutiefst verstanden und auch bewundert um ihrer Stärke willen. Wohl hatte sie sich auch über ihn und seine Schrullen lustig gemacht. Seine mimosenhafte, anachronistische Empfindsamkeit, jedoch auf eine herzliche und pikante Art, die nicht selten Überleitung gewesen war zu noch pikanteren Dingen. Im Nachhinein erschien es ihm wie ein einziger, endloser Traum von gelungenen Abenden. Bis auf den einen, den er zu vergessen suchte. Dieser eine, verfluchte und hundertmal verfluchte Abend, der alles beendet hatte.

Herr Severin durchschnitt eines seiner farbigen Bänder und sah. Er sah Margret und sich selbst in einer ihrer neckischen Raufereien, er fühlte wieder die Frage in sich aufsteigen, wieder das Bedürfnis, ihr die Gerte zu reichen mit den Worten

„Verfüge über mich, Liebste.“ Ganz und gar. Das hatte er sich gewünscht, und das hatte er ausgesprochen. An jenem Abend. Sie hat ihn dann auch tatsächlich geschlagen, ungeschickt anfangs, unsicher auch. Sie lachte dabei, und er hatte auch etwas gelacht, anfangs. Dann hatte er versucht, ihr zu erklären, worauf es ankam, wie sie ihm helfen könnte. Als sie nicht aufhören wollte zu lachen und zu spielen, war er etwas ungeduldig und gereizt geworden. Einer ihrer schlecht gezielten Hiebe hatte ihm bereits das Ohr angerissen und ihr Lachen dämpfte seine Erregung. Ein Streit hatte sich entwickelt, ein häßlicher, unsinniger; sie gekränkt, er ernüchtert. Ein häßlicher Riß im Gefüge ihrer Freundschaft. „Schlag dich doch selbst!“ hatte sie zuletzt entnervt geschrien und die Peitsche weggeworfen. Schlag dich doch selbst. Das war der Satz, der den Ausschlag gegeben hatte. Ein einfacher Satz, im Zorn gesagt. Verzeihlich, wahrscheinlich, aber nicht zu vergessen, tiefer eingeprägt, als Herr Severin je gedacht hätte, der eigentlich eher gutmütig veranlagt war. Aber er hatte es nie wieder vergessen können, trotz tränenreicher Versöhnung und nächtlicher Telefongespräche. Schließlich und letztendlich hatten sie ihre Beziehung zu Grabe getragen, die Euphorie war versiegt. Trauer auf beiden Seiten, mehr Fassungslosigkeit auf Margrets Seite, die bis zuletzt nicht hatte verstehen können, daß ein einziger Abend, mehr noch ein Satz, das Ende herbeigeführt hatte, doch in manchen Dingen war Herr Severin sehr konsequent und sehr erbarmungslos. Am meisten zu sich selbst.

Er verbrachte kürzlich einen Abend damit, sich äußerst spitze Nägel unter die Haut zu treiben, um seine Schmerzgrenze auszuloten, was ihn sehr stolz gemacht hatte ob seines guten Durchhaltevermögens. Verglichen mit dem, was ich nervlich durchmache, mußte er feststellen, ist das jedoch fast gar nichts.

Herr Severin läßt seine Damen niemals unbekleidet. Es sind große Frauen, stolze Frauen, die höchstens einmal ein Stück Schulter oder nach Amazonenart eine Brust zeigen, ansonsten sind sie in bizarre Gewänder gehüllt. Aus Federn, Brokat und Perlenschnüren. Gepanzert in Harnische aus Kupferplatten und Metallstreifen. Eine seiner Sternstunden durfte Herr Severin erleben, als er seinen Engel aus Stahl schuf. Eine Frau mit flammendem Haar, deren Gewand aus lauter Stahlsplittern bestand, und die nun über dem Kamin prangte.

Im Schlafzimmer hingegen, einem eher spartanischen Raum mit Messingbett, Stuck an der Decke, eine mächtige Kommode in der Ecke und Felläufer auf dem Boden, dort schmückte sein einzig wirklich frivoles Bild die Wand. Seine „Venus im Pelz", seine Wonne und sein Alpdruck zugleich. Das Bild, in den einzigen Farben schwarz & rot gehalten, war fast gänzlich in Pelz gefertigt. Unter klaffendem Mantel aus Hermelin trug die Venus nichts, als ihre Haut und den liebevoll in Dreiecksform geschnittenen, tiefschwarzen Pelz, den zu streicheln sich Herr Severin manchmal einfach nicht verkneifen konnte.

Wie alle unglücklichen Fetischisten war Herr Severin ein notorischer Träumer. Dann trugen ihn die Schwingen seiner Vision hinweg. Man muß sich das Unaussprechliche, das unendlich Variierbare ungefähr so vorstellen.

Ein zarter Ton erklingt. Sanft, aber durchdringend. Spinettähnlich. Klingt, schwingt, schwebt durch einen langen, stillen Flur. Eine Tür öffnet sich. Herein tritt die Marquise. In Reitkleidung heute und herrischen Blickes, dabei nicht ohne einen Anflug von Ironie. Im blankgewienerten Leder ihrer Stiefel spiegelt sich das erwartungsvolle Gesicht des Pagen, der die Mylady nach ihren Wünschen frägt. Diese verdüstert ihren Blick, erkennt jedoch die vortrefflich demütige Haltung ihres Bediensteten an. Sie erläutert ihm barsch in Worten und Gesten, daß sie ein gewisses Gefühl verspüre, und er, ihr Knappe, ihr Diener, ihr Knecht sie auf das Beste und Ausführlichste zu befriedigen hätte. Er solle ihr auf jede nur mögliche Art zu Diensten sein, wolle sie doch ihr Vergnügen mit ihm haben. Im Übrigen erwarte sie keine Widerrede, sonst seien Schläge angesagt. Das Ganze entwickelt sich zu einem Dialog von wachsender Pikanterie, der beide erliegen. Vom Filigranen kommt man zum Groben. Herr Severin schmilzt unter den zärtlich strengen Blicken der Marquise. Er schlüpft in ihrer Gegenwart wie eine Hand in den Handschuh. Es paßt, er fühlt sich behütet, in ihrer Gewalt geborgen, die ihn egal wohin führen wird. Sein Vertrauen überschreitet jede Grenze. Herr Severin schmilzt.

Dann führt sie ihn an einer eigens für ihn gefertigten, feinen Leine in eines der vielen möglichen Zimmer, läßt ihn ihre Hände küssen, entblößt ihn bis auf's Hemd. Der Rest ist von Stillschweigen begleitet, oder aber unterbrochen von einem Klatschen auf nacktes Menschenfleisch und dem metallenen Geklirre von Armketten. Bizarre Schatten wirft das Kerzenlicht an die Wände. Schattenrisse von Disziplin & Demut. Verlangsamte Gesten, die würdig und wollüstig vollzogen werden. Der Page wiegt sich in Sicherheit, zu Füßen von ihr, die alles zu schätzen weiß, alles, von winselnder Unterwürfigkeit, über den Trotz, bis hin zu der vollkommenen Hingabe, nach der es sie gelüstet.

Am Ende wäre jeder in seiner Art und Eigenart erhöht und befriedigt. Der Page würde etwas später, wieder angekleidet wie es sich geziemt, das Feuer im Kamin anfachen und die Marquise sich wohlig in einem Armsessel räkeln. Stilles Einverständnis nach einem Ritual von Adel.

Einer der vielen Räume, die Herr Severins Gedanken betreten, und wo sie sich ihr Nest bauen.

Ritual von Adel - das entbehrt nicht einer gewissen Komik, dachte sich Herr Severin und erinnerte sich an einen seiner schmählichen Abstiege in die Hölle der käuflichen Rituale. Schlachthöfe der Lust nannte er sie mittlerweile. Schlachthöfe, wo Rotlicht floß wie Blut, Illusionen geschlachtet wurden statt Schweinen, obschon eine Menge von menschlichen Schweinen geifernd im trüben Neon umherirrten, das angebotene Fleisch begafften, nervös mit Geldscheinen knisterten und ihren Trieb wie ein Schandmal vor sich her trugen. Herr Severin mitten unter ihnen. Gehetzt und beschämt. Ein Schlachtvieh, das in eine dilletantische Folterkammer getrieben wurde, wo eine zu Recht gelangweilte Dame, die sich Herrin nannte allerhand Gerätschaften an seinem armen Leib ausprobierte, ihn gekünstelt beschimpfte und bespuckte, und er sich angesichts der enormen Summe, die ihn das zweifelhafte Vergnügen gekostet hatte etwas Ekstase abzuringen versuchte, ein müdes Lusttröpfchen. Oft schmerzte es wahrhaft unangenehm und der Hackenschuh auf seiner Brust kam ihm unsinnig vor. Er fühlte sich erniedrigt, lächerlich, und die müde Frau mit der schlechten Blondtönung, in ein Lederkleid gepreßt, fühlte sich ebenfalls nicht wohl in ihrer Haut. Sie spulte eben ihr übliches Programm ab. Was mehr konnte man auch erwarten in diesen Hallen. Das waren die Momente in denen er geschätzt werden wollte, dachte sich Herr Severin, wenn ich wenigstens ein bißchen geschätzt werden würde ob meines Verlangens, dann wäre all das halb so schlimm. Aber diese mit Verachtung kombinierte Kälte, dazu seine Ernüchterung waren mehr, als er ertragen konnte. So meinte er zumindest. Dabei konnte er noch mehr ertragen, einiges mehr. Da waren die Zeiten, da er in die Abgründe der Kontaktanzeigen eingetaucht war, in der Hoffnung gleichgesinnte Gemüter zu finden. Welche Farce, welcher Ekel!

Abgesehen von diversen Partnertauschangeboten oder Pärchenpartys, nach denen es Herrn Severin nun gar nicht gelüstete, oder aber ledigen Müttern, die für ihre Gefälligkeiten finanzielle Wiedergutmachung oder schlicht ein wenig Nestwärme erwarteten, abgesehen von dummgeilen Zuschriften gelangweilter Eheleute, welche die kleine, perverse Ablenkung auf dem ehelichen Sofa und unter dem röhrenden Hirsch suchten, war Herr Severin nur einmal auf ein Angebot eingegangen und prompt einem Schlächter in die Hände gefallen.

Er erinnerte sich an die Episode, welche geradezu den Rahmen des Erträglichen sprengte.

Ein betagter, vierschrötiger Mann, bi, wie er sagte, hatte ihn nach vorhergehendem Telefongespräch zuhause aufgesucht. Ein Moment, dem Herr Severin mit Zittern entgegengesehen hatte. Ohne sich jedoch die Zeit für ein paar einleitende Worte zu nehmen oder Betrachtung und Interesse an Herr Severins Wohnräumen zu zeigen, hatte er sich sogleich an einem mitgebrachten Aktenköfferchen zu schaffen gemacht, um seine verschiedenen Utensilien an Herrn Severin auszuprobieren, was dieser, ganz paralysiert von derartiger Dickhäutigkeit und Unverfrorenheit, sich hatte gefallen lassen. Dieser derbe Mensch, der ihn mit Namen wie „Du dreckiger Sklave, du mieser Wurm" titulierte, verlangte als „Herr & Meister" angeredet zu werden, während er Herrn Severin in die unmenschlichsten Stellungen verschnürte. Nach einigen Minuten unsinniger Hantiererei mit Eisenketten, Rohrstöcken und Stahlklammern, wahrscheinlich war er ein geschickter Klempner, hatte er bereits bedenklich zu schnaufen begonnen, rot im Gesicht, wobei ihm der Schweiß in den gepflegten Schnauzer triefte.

Laß diesen Kelch an mir vorübergehen, hatte Herr Severin gefleht, als ihm der Andere zum scheußlichen Knebel auch noch Brustwarzenklammern anlegen wollte, was er denn auch tat, und der Kelch mußte getrunken werden bis zur bitteren Neige. Als der nämliche Herr und Meister aber auch noch Gelüste verspürt hatte, Herrn Severin zu besteigen, war es diesem dann doch zuviel geworden. Unter unmenschlichsten Anstrengungen war es ihm, der sich schon über die Tischplatte geworfen sah, gelungen, sich loszureißen, die Fesseln zu lokkern und dem gräßlichen Zugriff zu entweichen.

Ein wildes Gerangel und eine Hetzjagd um den Schreibtisch hatte begonnen, in dessen Verlauf der Meister ihn immer wieder als „ungehorsamen Sklaven" und „unwürdigen Hund" bezeichnete, wohingegen Herr Severin sich nicht eines bitteren Grinsens hatte erwehren können, da er sich die ganze Zeit der Lächerlichkeit des Geschehens gnadenlos bewußt war. Er wurde über den Teppich geschleift, getreten, übel in die Rippen geboxt, bespuckt. Selbst die Erniedrigung müßte Grenzen haben, hatte er bis dahin gedacht, aber sie hatte anscheinend keine. Nichts hätte mehr im Gegensatz stehen können zu dem eigentlich Ersehnten, der Antriebsfeder für die ganzen unseligen Bemühungen, seiner Isolation zu entrinnen. Oh, Marquise, wo sind Sie?, hatte er nur gestöhnt, als er letztendlich doch von dem Metzger oder Klempner über den Tisch gelegt und übel beackert worden war. Kein Spinettklang, keine Ekstase. Herr Severins mißhandelter Leib wurde schlichtweg gefickt. Das ist alles, hatte sich Herr Severin gesagt, dem es des ungewohnten Schmerzes wegen oder auch sonst das Wasser in die Augen trieb, ich werde gefickt, das ist alles, und noch dazu von einem Idioten. Der Mann, seines Dranges ledig, hatte dann ziemlich überstürzt seine Handwerkszeuge wieder eingepackt und die Wohnung verlassen, nicht ohne ein dümmliches „Bis zum nächsten Mal denn" in Herrn Severins Richtung zu senden, dem die Hose noch um die Knöchel hing. Nach dieser Episode hatte Herr Severin derartige Kontaktaufnahmen tunlichst unterlassen. Seine zwielichtigen Unternehmungen in Sachen Lust beschränkten sich auf vierteljährliche Besuche bei sogenannten Stiefeldamen, wo er zwar unpoetisch abgefertigt, aber zumindest nicht zusammengeschlagen wurde, und wo man ihn höflichkeitshalber vorher nach seinen

Wünschen fragte, die zu nennen ihn Stunden gekostet hätte. Auch dies ein Kapitel, dessen sich Herr Severin nach wie vor schämte, da er die Prostituierten und sich selbst gleichermaßen bedauerte.

Wenn er aber guter Dinge und ein wenig fatalistisch war, dann bereicherte er seine Nächte manchmal damit, daß er sich, unter den Augen der Venus im Pelz vermittels einer Handschelle mit einem Arm an den Bettpfosten kettete, oder sich wie andere Leute Teddybären, einen seiner Fetische mit ins Bett nahm, sei es lederne Reitgerte oder Kettenhemd, wobei er schwere Arien hörte und so in Morpheus Arme hinüberdriftete, der ihn empfing, und wenn er gütig war, ihm sogar den einen oder anderen feuchten Traum schenkte, der ihm den nächsten Tag erleichterte und versüßte. Von fernen Ufern winkten ihm stumm und melancholisch der Engel aus Stahl und seine eiserne Lady zu. Sie konnten zusammen nicht kommen – das Wasser war viel zu tief.

Auf die Frage, was ihn am Überleben hielt, würde Herr Severin geantwortet haben – Tausend Träume sind's, die mich wachhalten, unwirkliche Farben aus Tränen gemacht und nicht zuletzt eine unsinnige Hoffnung. Bleibt nur hinzuzufügen, daß Herr Severin bei all seinen Handlungen, denen etwas Zwanghaftes anhaftete, und selbst in überaus grotesken Situationen stets eine Klarsicht behielt, die bewundernswert war, und einen Stolz, den zu bewahren nicht immer leicht war.

Was Herr Severin nicht wußte, war, daß oftmals am Abend eine junge Frau mit wehendem roten Haar die Straße entlangkam, sie wohnte nur ein paar Häuser weiter, und fasziniert zu seinen Fenstern emporblickte, wo die Kristalleuchter und der bizarre Wandschmuck ihren Blick fesselten. Sie hatte sich bereits wundersame Begebenheiten ausgemalt, die sich in diesen Räumen abspielen mochten, von denen sie ausgeschlossen war. Eine ungewisse Sehnsucht zog sie immer wieder zu diesen nächtens erleuchteten Fenstern, hinter denen soviel Schönes verborgen war. Wer mochte wohl dort wohnen, fragte sie sich, sie würde wohl nie wagen, es herauszufinden.

Bevor sie dann den Blick abwandte und ihren Weg fortsetzte, unsinnigen Verabredungen entgegen, seufzte sie immer ein wenig.

Aus unserem Programm:

Yoko Tawada, Das Bad
Gedruckt auf Bildern wie ein Hauch, ein Traum in Haut hinter dem Text. Eine Mädchenfrau. Abenteuer um eine Zunge. „Eine flirrige Delikatesse“ (Süddeutsche Zeitung) DM 19,80

MEIN HEIMLICHES AUGE, Das Jahrbuch der Erotik
224 Seiten, Essays, Erzählungen, Lyrik & Gespräche, ca 200 bislang unveröffentlichte Bilder & Fotografien, DM 29,80
Bisher erschienen Nr. I-VIII

Brigitte Maria Mayer, perfect sister – Sthetisch-erotische (Selbst-)Inszenierungen in den Kapiteln Mädchenbilder, perfect sister, Freunde der Revolution – numeriert und signiert, DM 58,–. Mit 12 einzeln hinter einem Seidenblatt eingehefteten Lichtdrucken. Nur noch wenige Ex. vorhanden.

Krista Beinstein, Rituale der Begierde
DM 34,80, Frauen-Fotogeschichten, teils in Farbe, mit einem einleitenden Text. Bolgahtty Lovestory – Saidas Traum – Secret ecstasy – Kali – My love my lover – The Basement fuck – Bronx – Babycake – Bridge butch – Das Tor zur Welt – Darkroom – Metallische Hitze – Nightlive – Killerladys – Selbstbildnis – Lustfleisch – Offenbarung – Wenn das Böse erwacht. Frauen-Sexualität jenseits jeder Grenze …

Phoebe Müller, Fernes Feuer
„Ein skurriler Western der anderen Art, ein bißchen Traumwoge, ein bißchen Satire und jede Menge Turbulenzen“ (Brigitte) – „… ruft Träume und Erinnerungen hervor, an die eigene Kindheit oder Jugend, an Cowboy, Buffalo Bill, an erste Leidenschaften. Die Autorin schreibt, als wäre sie dabei gewesen.“ (ran) – 19,80
Eine obskure Liebesgeschichte zwischen zwei Frauen mit seltsamen Ritualen, ein Aufbruch … – DM 19,80

Interessiert? Schreiben Sie an den Verlag:
PF 1621 – 72006 Tübingen
Tel. 07071/66551
Fax 07071/63539

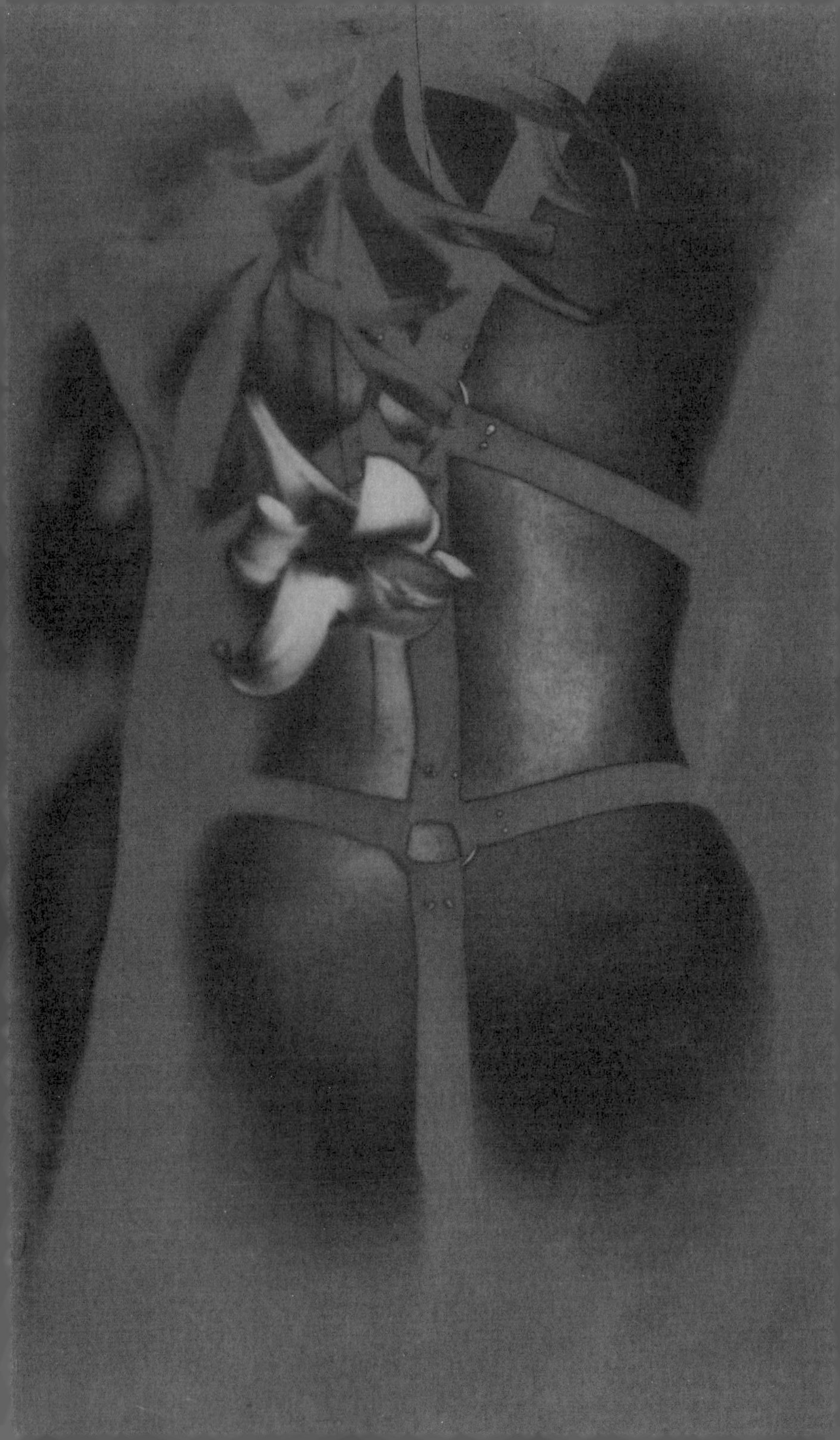